101번의 아름다운 도전

101번의
아름다운 도전

패배에 지지 않았던 경주마 차밍걸 이야기

이해준 지음

중앙books
JoongAng ilbo

이 세상의 모든 '차밍걸'에게

지기만 하는 말 차밍걸,
톱기사로 취재하다

"위대한 똥말, 매번 꾸준하게 지기만 하는 경주마 이야기입니다."

편집회의에서 폭소가 터졌다.

그저 '위대한 똥말'이라고 말했을 뿐인데, 조금은 엄숙한 편집회의에서 잠시 웃음꽃이 폈다.

"지금까지 95번 경주에 나가서 모두 패했습니다. 한 번도 우승을 하지 못했죠. 얼마 안 있어 한국 경마 사상 최다 연패 기록을 세우게 될 겁니다."

신문은 세상의 축소판이다. 편집회의는 그 복잡한 세상을 압축해서 정리하는 자리다. 국제사회의 동향부터 길거리에 떠도는 온갖 소문까지. 세계적인 부호부터 서울역 앞의 노숙자까지. 세상의 모든 것이 논의 대상이 된다. 하지만 아무래도 정치, 경제, 사회, 국제 등 거대한 이슈가 주류를 이루기 마련이다. 스포츠는 올림픽이나 월드컵이 열릴 때를 제외하고는 전면에 부각되는 일이 별로 없다.

하지만 이날은 달랐다.

"두 면에 걸쳐 펼침 기사로 쓸 수 있겠어?"

편집국장의 반응이 예상 밖으로 뜨겁다. 이건 파격적인 제안이다. 나는 체육면 톱기사 정도로 생각하고 회의에 들어왔는데 일이 커질 조짐이다.

이튿날 《중앙일보》에는 두 면에 걸쳐 단 한 번도 우승을 하지 못했고, 한결같이, 꾸준히 패하는 '위대한 경주마'의 이야기가 실렸다. 심지어 1면에도 차밍걸에 대한 안내 기사가 실렸다.

100kg 모자란 왜소한 몸집, 우승 못해도 꼴찌 두 번뿐

"큰 말들 틈서 뛰는 모습, 성실히 사는 소시민 같다."

토요일 신문에 실린 차밍걸의 이야기는 그날 《중앙일보》에 실린 기사 중에서 가장 뜨거운 관심을 받았다.

그 후 주요 방송사에서까지 차밍걸에게 관심을 기울이기 시작했다. 차밍걸의 96번째 경주에는 MBC와 SBS 등 공중파에서도 취재에 나섰다. 많은 블로거들도 차밍걸에게 관심을 보였다. 차밍걸 같은 똥말은 당장 사라져야 한다는 목소리도 일부 있었지만, 차밍걸을 위해 시를 지어준 팬도 있었다. 그분은 지금껏 써온 1,000여 편의 시를 자신이 키워가고 있는 차밍걸이라고 했다.

편집국장이 그렇게 파격적으로 지면을 할애한 이유는 뭘까. 기사를 읽은 독자들이 열렬한 응원을 보낸 이유는

뭘까.

그날 편집회의에 참석해 웃음을 터트린 정치, 경제, 사회부장을 포함해 신문을 펼친 수많은 독자들, 치열하게 이 세상을 살아가는 99퍼센트는 모두 '위대한 똥말' 차밍걸이기 때문이 아닐까. 그래서 자신도 모르게 차밍걸을 응원하고 싶은 마음이 일었던 건 아닐까.

내가 차밍걸이라는 경주마를 처음 알게 된 건, 한국마사회에서 매주 정기적으로 담당기자들에게 보내는 보도자료를 통해서였다. 보도자료 뒷부분 단신 코너에 '차밍걸이 한국경마 연패 기록에 접근하고 있다'는 한 줄이 눈에 띄었다.

'맨날 지는 말이라고? 연전연패하는 서울대 야구부랑 비슷하네. 재밌는 기삿거리가 될 수도 있겠는데?'

조금 더 생각하니 다른 의문이 생겼다. 차밍걸은 서울대 야구부와는 전혀 다르다.

서울대 야구부는 직업 야구선수가 아니다. 그들에게 야구는 취미에 불과하다. 하지만 경주마라면 이야기가

10

101번의
아름다운
도전

다르다. 경주마의 목적은 오로지 경주에서 이기는 것이고 그것이 존재 이유다. 그런데 매번 지기만 하는 말이 어떻게 살아남을 수 있었을까.

인터넷에서 차밍걸에 대해 검색을 해봤다. 이전에도 몇 차례 차밍걸을 소개한 기사가 있었다. 다른 매체에서 먼저 다룬 소재는 어지간해서 다시 쓰지 않는 게 기자의 생리이지만 이번에는 좀 달랐다. 뭔가 더 재밌는 이야기가 숨어 있지 않을까. 보도자료를 배포한 한국마사회에 전화를 걸었다.
"마주의 연락처를 알 수 있을까요?"
그렇게 나는 차밍걸을 만나게 되었다.

차 례

이름	차밍걸 Charming Girl
	(부: 퍼시픽바운티, 모: 트웨들스)
성별	암
품종	서러브레드
생산국	한국
성적	101전 101패 (3위 8회, 4위 9회, 5위 2회)

2005년 3월 4일 출생
2007년 10월 26일 경주마 등록
2008년 1월 12일 경주마 데뷔
2013년 9월 28일 경주마 은퇴

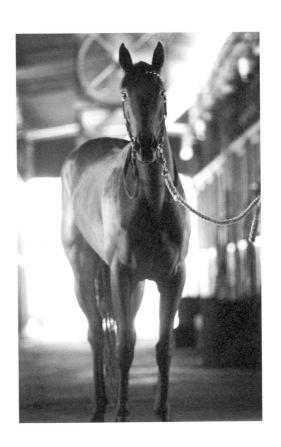

• • • • •

1장

차밍걸을
만나다

보이지 않는 말

흔히 '경마장'이라고 부르는 경기도 과천의 서울경마공원
은 생각보다 훨씬 가까운 곳에 있다. 서울역에서 오이도
로 가는 지하철 4호선을 타고 열 정거장, 넉넉하게 30분
이면 도착한다.

신설동이나 뚝섬에 경마장이 있던 시절과 비교해보면
경마장의 풍경은 많이 달라졌다. 봄이면 벚꽃이 흐드러
지게 피고, 가을이면 낙엽이 제법 운치 있게 쌓인다. 경
마 코스 안쪽에는 가족 공원이 있다. 꽤 넓은 공원에서는

관람용 말을 구경하면서 산책할 수도 있고, 자전거를 빌려서 탈 수도 있다. 아이들이 뛰어놀 수 있는 어린이 놀이터도 있다. 주말에 아이를 데리고 외출해서 하루쯤 보내기에는 꽤 괜찮은 곳이다. 그래서 경마장이 아니라 '경마공원'이라고 이름 붙였다.

그런데 내가 때때로 경마장에 가는 이유는 따로 있다. 그 '소리' 때문이다.

레이스가 시작되고 결승선에 골인하는 순간까지만 따지면 경마는 2분 정도면 한 경기가 끝난다. 1,000미터는 1분, 2,000미터는 2분이 조금 더 걸린다. 관람대 반대편에서 출발한 경주마가 4코너를 지나면 결승 직선주로에 접어든다. 말발굽 소리가 점점 더 가까이 들리기 시작하면 관중의 환호성도 높아진다. 나를 매료시키는 건 바로 이 소리다.

마권을 한 장씩 손에 쥔 사람들이 자신도 모르게 자리를 박차고 일어나, 열렬히 응원하는 바로 그 소리.

"뛰어!", "달려!" 하는 외침. "5번!", "7번!" 하며 자신의 마권 번호를 애타게 부르는 함성, "아! 아! 야! 와!" 하며 가슴속 깊은 곳에서부터 나오는 탄성. 외침과 함성, 탄성, 탄식이 합쳐지고 엇갈리며 빚어내는 소리. 그리고 승부가 끝난 직후 몇몇 승리의 환호와 그보다 더 많은 이들이 조그맣게 뱉어내는 아쉬움 가득한 한숨.

그룹 '부활'의 멤버인 김태원은 한 방송 프로그램에 출연해서 "그 어떤 콘서트장에서도 들을 수 없는 강렬한 응원 소리를 들을 수 있는 곳이 바로 경마장"이라고 말하기도 했다.

직선주로에 접어든 후 젖먹던 힘까지 짜내며 역주하는 경주마. 엉덩이를 바짝 치켜들고 채찍질하며 말을 몰아대는 기수들. 그 역동적인 모습을 보면서 목이 터져라 응원하다 보면 일상의 스트레스가 단숨에 날아간다. 짜릿하고 신나는 경험이다.

2013년 7월 6일 서울경마공원에서 열린 제9경주.

날씨는 맑았고 주로에는 습기가 잔뜩 껴 있었다. 3세 이상 암말들이 출전하는 경주다. 우승상금은 2,800만 원이 걸려 있다.

'탕!' 하는 출발 신호와 함께 장내 아나운서의 중계가 시작됐다.

"경주거리 1,300미터 9경주. 힘차게 출발했습니다. 바깥쪽에서 9번 미스에브리가 앞서는 듯싶었습니다만, 안쪽 2번 야호프레즈가 선두를 바로 빼앗아냈습니다. 그리고 5번 보성제일이 따라붙습니다. 10번 칼라하리가 3위입니다. 2번, 5번, 10번 그리고 8번, 9번, 11번 순으로 순위가 이어집니다. 그 뒤를 3번, 4번이 따르면서 경주 초반전을 풀어나가고 있습니다.

안쪽 2번 야호프레즈, 2위는 5번 보성제일, 3위는 11번 깊은탄력과 안쪽 8번 일종무종, 2번, 11번, 5번, 8번, 10번 순으로 순위가 이어지면서 3코너를 이어서 4코너를 눈앞에 두고 있습니다.

선두는 2번 야호프레즈, 2위는 11번 깊은탄력, 3위는 5번 보성제일입니다. 2번 11번, 5번, 8번, 10번, 6번, 3번 순으로 결승 직선주로 접어들고 있습니다."

후반전에 돌입하자 아나운서의 목소리도 급박하고 빨라진다.

"선두는 2번 야호프레즈, 선두를 위협하는 말은 11번 깊은탄력과 8번 일종무종입니다. 2번, 8번, 11번의 삼파전이 결승 주로 안쪽에서 펼쳐지고 있습니다. 바깥쪽에서 추격의 채비를 갖추는 말은 5번, 10번, 6번 세 마리의 말입니다."

경주마들이 한층 속도를 올린다. 이제 결승선이 얼마 남지 않았다. 중계는 더욱 다급해진다.

"결승선 200미터, 선두로 돌입하는 말은 2번 야호프레즈, 8번마 처졌고, 11번 깊은탄력 역시 위태롭습니다. 바깥쪽 5번, 10번 간격 좁히고 있고, 최외곽 6번까지 다가서고 있습니다. 남은 거리 50미터. 선두는 2번 야호프레즈. 바깥쪽 10번마 부상합니다. 2번, 10번, 6번 결승선 먼저 통과합니다!"

경주는 순식간에 끝났다.

1위는 2번마 야호프레즈, 2위는 10번마 칼라하리, 3위는 6번마 보성제일.

4번을 단 차밍걸의 이름은, 경주 내내 한 번도 불리지 않았다.

경주에 자주 나서지만, 좀처럼 보이지 않는 말.

바로 차밍걸이다.

이 경주는 차밍걸의 98번째 경주였다. 8세인 차밍걸은 이날 경주에 나선 열한 마리 중 나이가 가장 많았다. 차밍걸은 열한 마리 중 7위 정도로 달리다가 결승 직선주로로 접어들면서 두 마리에게 추월당하며 아슬아슬하게 꼴찌를 면했다.

1위를 차지한 야호프레즈의 기록은 1분 23초 5.

10위 차밍걸은 1분 25초 4.

고작 1.9초 차이이지만, 경마에서는 하늘과 땅 차이이다.

차밍걸의 이름은,
이번 경주에서도 한 번도 불리지 않았다.
경주에 자주 나서지만, 좀처럼 보이지 않는 말.
바로 차밍걸이다.

위대한 똥말

차밍걸. '매력적인 소녀'라는 뜻의 예쁜 이름이 있지만 사람들은 차밍걸을 '똥말'이라고 부른다. '똥말'은 좋은 성적을 낼 가능성이 없는 말을 비하해서 부르는 경마계의 은어다.

2008년 1월에 데뷔한 이래 차밍걸은 단 한 번도 우승을 하지 못했다. 경마에서는 오로지 1등을 해야만 '승勝'으로 기록된다. 가장 좋은 성적이 3위에 그쳤던 차밍걸은 내리 전패全敗를 기록하고 있었으니, '똥말'이라고 불리는 것도 무리는 아니었다.

그런데 여기에는 이상한 점이 있다. 못 뛰는 말은 우승 가능성이 보이지 않으면 곧바로 퇴출되기 마련이고, 경마 팬들도 그런 말에게는 관심을 거의 두지 않는다. 하지만 차밍걸은 계속 지는데도 꾸준히 경주에 나왔다. 그것도 다른 말이 한 번 뛸 때 두 번을 뛰는 식이었다.

보통 경주마들은 세 살 때 데뷔해서 일곱 살 정도에 은퇴한다. 5년 동안 해마다 10~12번 정도 뛰어야 간신히 40~50경기 정도 출전한다. 그러니 차밍걸처럼 100번 넘게 경주를 뛰는 말은 좀처럼 나오기 어렵다.

2013년 12월 한 달 동안 모두 36마리가 은퇴했다. 평균 출전 회수는 16회를 조금 웃돌았고, 그나마 가장 많이 뛴 경주마가 44회였다. 심지어 경주마 능력검사에 합격하고도 진짜 경주에는 단 한 차례도 출전하지 못한 말도 있었다. 현역 경주마 중에도 50전 이상 출전한 말은 드물다.

그런데 1등 한번 못한 차밍걸이 어떻게 101전까지 달릴 수 있었을까?

차밍걸은 몸무게가 430킬로그램이다. 컨디션에 따라 400킬로그램을 밑돌 때도 있다. 경주마들이 보통 500킬로그램이 안팎이니 다른 경주마보다 100킬로그램 정도 가벼운 셈이다. 그래서 몸집도 작고, 보폭도 폐활량도 작다. 다른 말들 틈에 서 있는 모습을 보면 체격의 차이가 눈에 띌 정도여서 애처롭기까지 하다. 진이 빠지도록 달려야 간신히 다른 말들을 쫓아간다. 한 번쯤 치고 나가보려고 애쓰지만 그마저도 늘 쉽지 않다.

그래도 차밍걸은, 비록 1등은 한 번도 못했지만 3위에 오른 것은 여덟 번이다. 마지막에 추월당하지 않았다면 2위를 할 뻔한 적도 있었다. 차밍걸을 '꼴찌마'라고 부르는 사람도 있지만 꼴찌를 한 건 101전 가운데 겨우 네 번뿐이다.

차밍걸은 온갖 악조건을 딛고 무려 101경주나 출전하며 자신의 몫을 다했다. 다른 말들이 한 달에 한 번 뛸 때 차밍걸은 두 번씩 뛰었고, 1등 상금에는 비할 바가 아니지만 조금이나마 상금도 벌어들였다. 또 열두 마리가 달릴 경우 10위 이내로 들어오면 주는 출전 장려금도 꾸준히 받았다.

남들보다 부지런히 일해서 생계를 꾸려가는 서민 같은 말이라는 이야기를 듣게 된 것도 이 때문이다.

차밍걸을 지켜본 팬들은 '최다 연패 기록'이라는 점에만 관심을 가질 게 아니라 '101전 출전'이라는, 현역 경주마 중 어떤 말도 따라잡기 힘든 압도적인 출전 횟수에 주목해야 한다고 말한다. 불명예스러운 기록이 아니라 차밍걸의 성실함을 보여주는 자랑스러운 기록이라는 것이다.

타고난 능력은 부족하지만 다른 말보다 열심히 뛰는 말. 차밍걸이 그냥 똥말이 아니라 '위대한' 똥말인 이유다.

차밍걸은 몸집도 작고, 보폭도 폐활량도 작다.
다른 말들 틈에 서 있는 모습을 보면
체격의 차이가 눈에 띌 정도여서 애처롭기까지 하다.

경마의 세계

경마장의 고함소리에는 야구장이나 축구장에서는 느끼기 힘든 엄청난 에너지가 담겨 있다. 경마는 결과가 곧바로 상금과 배당금으로 이어지는 살벌한 승부의 세계이기 때문이다. 그러므로 경주마에 대해서도 냉혹한 평가가 내려지고, 못 뛰는 말은 좀처럼 살아남기 힘들다.

'당대불패'라는 경주마가 있었다. 마주가 '단돈' 2,900만 원에 사들인 당대불패는 2009년부터 2013년까지 5년 동안 상금으로만 30억 원을 벌어들였다. 모든 마주는 자신의 말이 당대불패처럼 자라주길 바란다. 수십억 원을 벌어줄 것이라고 기대하면서 혈통 좋은 망아지를 사는 데 수억 원을 과감히 투자하기도 한다.

좋은 경주마는 어떤 점이 다를까. 비싼 값을 치렀는데도 제 몫을 못하는 말, 반대로 싼 값에 샀는데도 기대를 뛰어넘는 말의 차이는 어디에서 비롯될까.

차밍걸은 당대불패 같은 말과는 뭐가 다른 것일까.

경마는 결국 확률 게임이므로, 비싼 말이 잘 달릴 가능성이 크다. 그래서 아무 경주마나 씨암말 또는 씨수말이 될 수 없다. 경주에서 좋은 성적을 내야만 자마를 생산할 기회를 얻을 수 있다. 성적이 보잘것없는 경주마는 자신의 유전자를 남길 기회조차 얻을 수 없는 냉혹한 세계다. 그런데 가끔 체격은 작은데 가능성이 엿보이는 말이 있다. 제대로 성장하면 잘 뛸 것은 예감이 드는 말이다. 하지만 결과적으로 그렇게 될 확률은 로또를 맞히는 것만큼이나 쉽지 않다.

전문가들이 볼 때 좋은 경주마에게는 두 가지 특징이

있다고 한다.

첫째는 근성이다. 경마 선진국인 일본에서는 '투쟁심'이라고 표현하기도 한다. 근성은 경주에 임했을 때 절대 물러서지 않고 반드시 이기려는 투철함이다. 우승을 하려면 이것이 꼭 필요하다. 근성은 유전적인 요소도 크다.

둘째는 뛰어난 신체 구조다. 사람도 엉덩이가 너무 크면 달리기를 잘할 수 없다. 다리가 넷인 말은 그 구조가 사람보다 훨씬 더 복잡하다. "말은 달리는 과학"이라고도 한다. 신체 구조에 조금이라도 이상이 생기면 곧장 주행 능력에 영향을 미친다. 혈통 좋은 경주마는 달리기에 적합한 신체 구조를 부모에게 물려받는 셈이다. 골격 구조를 제대로 갖추지 못한 말이 잘 달리는 것은 쉽지 않으므로, 신체 구조를 보고 잘 달리지 못할 말을 맞히는 것은 90퍼센트까지도 들어맞는다고 한다. 그런데 반대로 어떤 말이 챔피언이 될 것이라고 예측하는 것은 굉장히 어렵다.

그러면 근성과 신체 구조, 이 둘 중에서는 무엇이 더 중요할까? 차밍걸의 조교사인 최영주 씨는 '근성'을 꼽으면서 '새강자'라는 말을 예로 들었다.

"새강자라는 명마가 있었어요. 대상경주(우수한 말들이 출전하는 경주로 상금이 크다)에서 우승한 날 새강자를 보았는데, 눈에서 살기는 아니지만 어떤 이상한 기운을 느꼈어요. '기세에 눌린다'는 말이 있잖아요. 그때 제가 말과 생활한 지 22년이 됐을 때인데, 말에게서 위압감을 느낀 것은 처음이었죠. 눈빛을 본 순간 이 말이 왜 명마인지 느껴졌지요. 명마에게는 사람도 압도할 수 있는 기운이 있어요."

명마든 명마가 아니든 근성만 있으면 투자한 비용을 거의 뽑을 수 있다. 경주마를 사서 실패하는 것은, 겉보기에는 그럴듯한데 근성이 없는 말을 샀을 때이다. 체형이나 혈통이 별로 좋지 않아서 저렴한 값에 팔려온 경주마라도 근성이 있는 말은 한 번이라도 우승을 해서 자기 몸값은 해낸다.

최영주 조교사는 차밍걸이 신체 구조로 보면 70점에서 80점은 된다고 한다. 다만 왜소하다는 것이 결정적인 약

점이다. 또 꾀를 안 피우고 뛰지만 투철한 근성 역시 부족하다고 한다. 두 가지 조건 중 어느 하나 갖추지 못한 셈이다.

"어떻게 보면 차밍걸이 오래 뛸 수 있는 것은, 이기고 말겠다는 투철한 근성이 부족했기 때문에 가능한 일일 수도 있지요."

나는 내 귀를 의심했다. 근성이 부족해서 오래 뛸 수 있었다니? 얼른 이해하기 힘든 이야기였다. 그의 설명에 따르면 이렇다.

근성이 투철한 말은 자신의 능력 이상으로 빨리 달리려고 무리하기 때문에 부상을 당하기 쉽다. 그런 말은 경주 중에 인대가 끊어지거나 관절을 다치기 일쑤다. 그 때문에 몇 경주밖에 뛰지 못하거나, 부상 때문에 조기 은퇴하는 경우도 적지 않다. 그런데 차밍걸은 꾀를 부리면서 달리지는 않지만, 몸에 무리가 갈 정도로 사력을 다해 뛰지도 않는다. 그 덕분에 부상을 당하지 않고 계속해서 출전할 수 있었다는 것이다.

머릿속이 조금 복잡해진다. 경주마의 존재 의의는 무엇인가. 다른 말보다 빨리 달려서 경주에서 이기는 것이 경주마의 본분 아닌가. 상대를 제치고 쭉쭉 앞으로 치고 나가 결승선을 가장 먼저 통과하는 그 짜릿함을 맛보기 위해 달리는 것이 아닌가. 폐가 터지도록, 인대가 끊어질 정도로 투혼을 다해서 달리는 말이 이상적인 경주마가 아닐까.

그런데 매번 지면서도 속 편하게 달리는 차밍걸을 응원하는 건 조금 우스꽝스러운 일이 아닐까. 차밍걸은 응원해야 할 대상이 아니라 경마의 발전을 위해서 퇴출시켜야 할 말이 아닐까……

매번 지면서도 속 편하게 달리는 차밍걸을 응원하는 건
조금 우스꽝스러운 일이 아닐까.
차밍걸은 응원해야 할 대상이 아니라
경마의 발전을 위해서 퇴출시켜야 할 말이 아닐까……

• • •••

2장

모든 만남은
운명이다

작은 망아지의 탄생

2005년 봄, 제주도 중앙목장에서 예쁘게 생긴 갈색 암망아지 한 마리가 태어났다. 아버지는 미국 캘리포니아에서 태어나 한국으로 건너온 씨수말 퍼시픽바운티, 어미는 미국 켄터키에서 태어나 역시 씨암말로 한국에 수입된 트웨들스. 부모가 모두 수입말이지만 자마들의 성적은 그리 좋지 않았다.

트웨들스는 해마다 한 마리씩 모두 열 마리의 새끼를 낳았는데, 차밍걸은 그중 일곱 번째였다. 트웨들스가 낳은 열 마리 중에서 차밍걸이 가장 많은 상금을 벌어들였다고 하니 더 말할 것도 없다.

말의 임신 기간은 약 11개월이다. 망아지는 태어난 지 약 20~30분이면 스스로 일어나 어미의 젖을 찾는다. 출생일로부터 60일 이내에 개체 식별 및 DNA 감정 절차를 거친 뒤 혈통 등록을 한다. 부모를 정확히 밝혀 족보에 이름을 올리는 것이다. 경주마로서 자질이 없으면 족보에도 오르지 못하는 신세가 된다.

망아지는 생후 5~6개월이면 젖을 뗀다. 혈통 등록이 끝나고 만 1세가 지나면 이름을 갖게 되는데, 이름은 보통 마주가 지어준다. 18개월이 되면 경주마로 육성하기 위해 체계적으로 길들이기 시작한다.

만 2세가 지나면 경마장으로 보내지고, 경주마 등록도 가능해진다. 이때부터 본격적으로 경주마 훈련을 받게 된다. 1,000미터를 1분 7초 이내에 뛰면 정식으로 경주마가 된다.

서울경마공원의 3조 마방 최영주 조교사는 제주 중앙목장에 수시로 내려갔다. 중앙목장은 그가 속한 3조에 말을 몇 마리 맡긴 마주의 동생이 운영하는, 개인적으로 인연이 있는 목장이었다. 3조 마방의 본거지이자 주 거래처였던 셈이다.

흔히 경마를 두고 '마칠인삼馬七人三'이라고 한다. 승패를 좌우하는 건 말의 능력이 70퍼센트, 기수를 비롯한 사람의 노력이 30퍼센트라는 의미다. 조교사는 경주마를 관리하는 총책임자로, 이를테면 감독인 셈이다. 마주를 상대하고, 말의 조련을 총지휘하며, 기수를 선발하고, 경주를 어떻게 전개할지 작전을 짠다. 좋은 말을 고르는 안목도 조교사가 지녀야 할 핵심 역량 중 하나다.

최영주 조교사가 중앙목장에서 차밍걸을 처음 만난 것은 차밍걸이 18개월쯤 되었을 때였다. 당시에는 차밍걸이라는 이름도 붙여지지 않은, 이름 없는 작은 망아지였다. 경주마는 사람보다 성장이 훨씬 빨라서, 18개월 경주마는 사람으로 치면 15세쯤으로 볼 수 있다. 유년기를 지나 본격적인 성장기에 접어들면서 경주마로서 잠재력이 드러나기 시작하는 시기다.

그의 눈에 비친 자그만 망아지는 혈통이 그리 우수한 것도 아니었고 체격도 왜소했다. 최영주 조교사는 물론이고 그 누구도 차밍걸을 눈여겨보지 않았다. 차밍걸은 어쩌면 경주마가 되지 못할 수도 있었다.

"마주와 목장주 사이에 무슨 일이 있었는지는 모르지만 경주마 두 마리를 그 목장에서 데려오게 됐어요. 아마도 금전적인 관계가 얽혀 있었던 것 같아요. 원래 제주 중앙목장에는 경주마가 80마리 정도 있었어요. 그런데 제가 고르러 갔을 때에는 여섯 마리밖에 남아 있지 않았죠. 네 마리는 생김새도 이상하고 경주마로서는 문제가 있었어요. 차밍걸은 체격이 왜소하고 혈통도 빈약해서 아무도 사 가지 않고 있었죠. 네 마리를 제외한 두 마리를 샀고 그중 한 마리가 차밍걸이에요. 그때가 가을이었으니까 차밍걸이 30개월쯤 됐을 때였죠. 80마리 중에서 여섯 마리 남을 때까지 안 팔린 말이니 끝물도 아주 끝물이었죠."

차밍걸의 주인인 변영남 마주는 당시 목장에 3,000만 원

가량을 투자했다. 그 대가로 말 두 마리를 받게 된 것이고, 그중 한 마리가 차밍걸이다. 차밍걸과 함께 받은 다른 말은 '차밍아이'라고 이름 지었는데 다루기가 너무 힘들어 몇 년 전에 포기했다.

경주마의 가격은 천차만별이다. 미국이나 영국 등 경마 선진국에서는 능력이 검증되지 않았어도 혈통이 우수하고 체격 조건이 뛰어나다는 이유만으로 수십억 원에 팔리는 말도 있다. 국내에서는 2억 9,200만 원에 팔린 말이 최고가다.

경주마가 좋은 성적을 거둬서 상금을 많이 받아야 조교사의 수입도 올라가기 때문에 차밍걸 같은 말이 마방을 채우는 건 조교사의 입장에서는 반가운 일이 아니다.

"만약 나에게 3,000만 원이라는 돈을 주고 말을 고르라고 했다면 차밍걸을 사지 않았을 거예요. 처음부터 기대는 하지 않았어요. 어떻게든 그저 1승이라도 해서 본전은 뽑아보자고 생각하고 데려왔죠."

차밍걸이 가까스로 경주마가 되기 위한 첫 고비를 넘는 순간이었다. 그때 최영주 조교사에게 발탁되지 않았다면 제주도에서 관광객을 태우는 승용마가 됐을지도 모른다.

　3조 마방의 마사 한 칸. 그곳이 제주에서 거침없이 들판을 누비던 차밍걸의 새 보금자리가 됐다. 차밍걸의 진료 기록을 보면 2007년 10월에 감기로 세 차례 치료를 받았다. 제주에서 배를 타고 와서 낯선 곳에 정착하느라 어지간히 힘이 들었던 모양이다.

　누군가를 등에 태우지 않고 마음껏 목장을 내달리던 행복한 망아지 시절은 막을 내리고, 서울경마공원 3조 마방에서 최영주 조교사와의 새로운 생활이 시작되었다.

"만약 나에게 3,000만 원이라는 돈을 주고
말을 고르라고 했다면 차밍걸을 사지 않았을 거예요.
처음부터 기대는 하지 않았어요.
어떻게든 그저 1승이라도 해서 본전은 뽑아보자고 생각하고 데려왔죠."

자이언트 자키

기수의 체중이 가벼워야 말이 더 빨리 달리기 때문에 기수들은 대부분 키가 작다. 톱클래스 기수들의 키는 150센티미터 정도, 몸무게는 45~49킬로그램 정도다. 키 큰 것을 선호하는 일반 사회에서와 달리 기수 사회에서 큰 키는 치명적인 단점이다.

경마가 열리는 날 기수 대기실을 방문한 적이 있다. 기수들은 대기실에서 휴식을 취하거나, 모니터로 경주 상황을 지켜보면서 자신의 출전 순서를 기다린다. 기수 대기실의 문을 여는 순간 키 175센티미터인 나는 마치 걸리버가 된 듯한 착각에 빠졌다. 키가 작은 사람은 본 적이 있지만 키가 작은 사람 50~60여 명이 한 장소에 모여 있는 것은 매우 생경한 풍경이었고, 그만한 인원이 모인 가운데 나만 키가 월등히 큰 상황도 처음이었다. 조금은 어색한 기분까지 들었다. 하지만 작은 키에도 불구하고 당당해 보였던 기수들의 모습이 인상적이었다. 말을 타기 때문인지 대부분 허리가 꼿꼿하고 자세가 바르다.

차밍걸을 경주마로 발탁하고, 훈련시키고, 작전을 세워 경주에 내보낸 사람. 그래서 차밍걸에 대해 이야기할 때 절대 빼놓을 수 없는 사람, 최영주 조교사도 조교사가 되기 전에는 기수였다. 그의 키는 무려 175센티미터로, 기수 시절 그의 별명은 '자이언트 자키'였다. 기수 세계에서는 결코 자랑이 될 수 없는 별명이었다.

그와 반대로 체격이 클수록 유리한 경주마의 세계에서 유난히 몸집이 왜소한 차밍걸. 훈련을 많이 하면 체중이 400킬로그램 밑으로 뚝 떨어지기도 하니 다른 경주마에

비하면 100킬로그램 이상 기본 조건이 밀린다. 폐활량이 작은 차밍걸은 어느 순간에는 숨이 가빠서 더 뛰고 싶어도 뛸 수가 없다.

냉엄한 승부의 세계에서는 둘 다 타고난 조건부터 실격이나 마찬가지였던 셈이다. 그래서 돌이켜보면 이 둘의 만남도 참 절묘하다.

전남 화순이 고향인 그는 중학교를 마치고 누나와 형이 자리 잡고 있던 서울로 올라왔다. 우연히 뚝섬경마장에 갔다가 기수의 길에 들어서게 된 그는 친구들이 고등학교 교복을 입을 때 기수복을 입게 되었다. 그때 그의 키는 166센티미터였고 그 키도 기수로서는 큰 편에 속했는데, 성장은 좀처럼 멈추지 않았다. 스물일곱 살이 될 때까지 꾸준히 키가 자라 나중에는 174센티미터를 넘었다.

키가 커갈수록 그는 50킬로그램 초반으로 체중을 유지하기가 버거웠다. 체중 조절은 상상 이상으로 힘들었다. 경마가 열리는 날에는 53킬로그램까지 빼야 하는데, 일요일 경주를 마치고 한 끼만 먹어도 3~4킬로그램은 눈

깜짝할 새 불어났다. 56~57킬로그램까지 불었다가 주말에 맞춰 3~4킬로그램을 빼는 일이 반복됐다. 기승 기술을 높이는 게 문제가 아니라 체중과의 싸움이 급했다. 기수 생활을.하는 동안 육체는 그에게 감옥이었다. 처음 1~2킬로그램은 어렵지 않게 빠지지만 마지막 500그램을 쥐어짤 때는 이러다 죽는 게 아닌가 하는 생각이 들 정도로 고통스러웠다.

"여름에는 땀복을 입고, 내복까지 두세 겹 껴입고 혼자서 막 뛰어다녔죠. 겨울에는 뛰어도 땀도 안 나고 살도 잘 안 빠져서 사우나를 갔어요. 수요일부터는 식단이랄 게 없었어요. 아침에는 커피에 빵 한 조각 먹거나 말거나 하고, 과일을 준비해서 갈증이 날 때 가끔 먹었지요. 저녁에는 집에 가서 야채와 고기 예닐곱 점을 쌈을 싸서 먹어요. 힘을 써야 하는 일이니까요. 그게 하루 식사였죠. 밥과 국이 있는 일반적인 식사는 생각할 수도 없었죠."

살 빼는 게 그렇게 힘들면 평소에도 계속 53킬로그램을 유지하면 되지 않느냐고 묻자, 그는 "그러면 생명을 유지할 수가 없죠" 하면서 피식 웃었다.

극한까지 말을 몰아붙이는 기수는 부상도 잦은 직업이다. 기수 3년차 때 그는 말과 함께 넘어지면서 밑에 깔리는 바람에 탈장되고 허리 디스크가 생겨, 입원 치료를 받고 무려 10개월 만에 복귀할 수 있었다. 지금은 웃으면서 돌아보지만, 500킬로그램이나 되는 말에 깔린 것은 목숨을 잃을 수도 있는 위험천만한 사고였다.

"포기하고 싶다는 생각을 정말 많이 했어요. 포기하자고 결심하고 혼자 울기도 하고, 기수를 그만두면 뭘 하나 고민도 많이 했죠. 그러다 나 자신과 한 가지 약속을 했어요. '내가 이 벽을 극복하지 못하면 설령 사회에 나가서 또 어떤 벽을 만나든 물러설 것이다. 이 상황을 최대한 극복해보자. 포기하더라도, 다시 해보고 포기하자. 그래야 후회가 없다.' 그래서 이를 악물고 다시 도전했죠. 다행히도 다친 다음에 복귀한 뒤로는 몸에 조금 변화가 생겼는지 체중 조절이 그전만큼 어렵지 않았어요. 지금 생각해보면, 살을 빼는 것보다 기수를 포기해야겠다는 생각 때문에 마음이 흔들렸던 때가 더 고통스럽고 힘들었어요."

체중 조절로 너무도 고통스럽던 차에 부상까지 겹친 최악의 순간. 그 순간을 버티고 나니, 생각지도 못했던 곳에서 조금이나마 살 길이 열린 셈이다. 희망이라고는 조금도 찾아볼 수 없는 최악의 순간이 인생의 터닝 포인트가 되는 일이 종종 일어난다. 그것이 인생의 법칙일까. 어째서 세상은 꼭 이런 식으로 돌아가는 것인지 나는 아직도 잘 모르겠다.

그가 버틸 수 있었던 건 조교사가 되겠다는 꿈이 있었기 때문이다. 1996년에 조교사 시험에 합격한 그는 이듬해 11월에 마방을 열었다.

"기수 생활을 너무 힘들게 했기 때문에 조교사까지 온 것만으로도 나 자신이 대견했어요. 체중 조절은 상상도 못할 정도로 힘들었고, 사이사이 부상도 있었죠. 그만하면 잘했다고 스스로를 칭찬해주고 싶었어요."

조교사 면허를 딴 후 그는 곧바로 기수 생활을 그만뒀다. 그는 기수로서 별로 좋은 성적을 남기지 못했다고 했다. 하지만 내가 찾아본 그의 기록은 승률 11.9퍼센트.

결코 나쁜 성적이 아니었다. 100명의 기수가 있다면 15등 정도 되는 우수한 성적이다. 신체 조건의 열세를 극복하기 위해 그가 얼마나 노력했을지 짐작이 되었다.

조교사 시험에 합격하고도 마방을 열 때까지는 시간이 걸리므로, 그는 계속 기수를 하면서 상금을 벌 수도 있었다. 그러나 기수 생활이 너무도 고통스러웠던 그는, 마방을 열 때까지 말에 관해 착실히 공부하면서 새로운 삶을 준비하기로 했다. 기수를 그만두는 것에 대한 아쉬움은 조금도 없었다. 새로운 인생에 대한 기대로 가슴이 두근거렸다.

그는 기수보다 조교사로서 훨씬 훌륭한 소질이 있었다. 초보였지만 순탄하게 자리 잡으면서 중상위권의 성적을 꾸준하게 유지했다. 그에게는 말을 알아보는 눈이 있었고, 말의 특성에 따라 레이스를 어떻게 전개해야 할지 전략도 잘 세웠다. 마필관리사들과 소통하면서 마방을 지휘하는 데도 문제가 없었다.

하지만 조교사로서 부족한 점이 있었다. 바로 마주와의 관계였다. 마주의 투자를 이끌어내고 좋은 말을 확보

하는 것은 조교사의 큰 과제 중 하나다. 기수를 하는 동안 자신과의 싸움에만 몰두하느라 사회생활을 거의 하지 못했던 그는 사교성과는 거리가 멀었다.

말하자면 그는, 현대 사회에는 좀 어울리지 않는 '장인 정신'이라는 중세적 가치를 추구하는 사람이다. 마주와의 관계보다는 말과의 관계를 더 중시하는 전형적인 호스맨 horse man이다.

그는 조교사로서 철학이 분명하다.

"말을 이해해야 해요. 그 말이 자란 환경, 어떻게 육성됐고 혈통적 특성이 어떤지……. 그걸 알아야 어떻게 트레이닝할지 계획을 세울 수 있죠. 저는 가끔 마주들하고 마찰을 빚을 때가 있어요. 마주들은 말을 빨리 경주에 내보내고 싶어 하지만, 저는 충분히 단련됐다는 판단이 설 때까지 천천히 기다려요. 그런 점에 불만을 가진 분들이 있죠. 또 말이 상태가 안 좋거나 부상당하면 완전히 회복될 때까지 참아요. 결과적으로는 그런 말들이 잘 뛰니까, 불만을 터트렸던 마주가 나중에는 '당신이 옳았다'고 말할 때도 많아요. 하지만 현실적으로는 트러블을 빚어서 손해를 보는 경우도 많았어요."

그가 비즈니스 수완이 뛰어나고 효율을 중시하는 현대적인 윤리관의 소유자였다면, 차밍걸이 101전을 뛸 때까지 계속 기회를 주지 않았을 것이다.

말하자면 그는, 현대 사회에는 좀 어울리지 않는,
장인 정신이라는 중세적 가치를 추구하는 사람이다.
마주와의 관계보다는 말과의 관계를
더 중시하는 전형적인 호스맨이다.

너무 작은 말

처음 마사에 들어왔을 때 차밍걸은 완전히 '생말'이었다. 말은 우선 사람과 교감을 나누는 것부터 배우게 된다. 물론 목장에서 사람이 먹이를 주기 때문에 기본적으로는 사람을 따르지만 그것만으로는 부족하다. 사람에게 복종하고, 동화하게 만들어야 한다. 마사에 들어오면 굴레를 씌우고 재갈을 채우고 하나하나 가르친다. 어떻게 지시하면 서고, 어떻게 하면 가야 하는지도 훈련시킨다.

처음 안장을 얹으면 말은 몸에 갑자기 이물질이 닿았

다고 느껴 날뛰기 마련이다. 그래서 기수가 바로 탈 수 없다. 안장을 놓아도 아무 이상이 없다는 것을 충분히 깨닫게 한 다음, 안장 위에 슬슬 몸을 기대고 걸치면서 적응해나가게 만든다. 예민한 말은 이 과정에만 한 달 정도 걸리기도 하지만 보통은 보름 정도에 끝난다.

차밍걸은 까다롭게 굴지는 않았지만 겁이 무척 많은 녀석이었다. 기초 훈련을 마치고 처음 경주로에 나가던 날, 겁을 먹은 차밍걸은 앞으로 한 발짝도 나아가지를 못했다. 주로에 적응을 못하는 것이었다. 그럴 땐 어디로 어떻게 튈지 모르기 때문에 함부로 채찍질을 해서는 안 된다. 마침 다른 조의 말들이 나온 것을 보고 양해를 구하고 나란히 붙어서 달리게 했다. 그제야 차밍걸은 겁을 조금씩 누그러뜨리고 달리기 시작했다.

그렇지 않아도 체구가 작은 차밍걸은 낯선 환경에서 고된 훈련을 받으면서 하루하루 야위어갔다. 살이 빠지는 모습을 보면서 최영주 조교사는 차밍걸에 대한 기대를 한 번 더 접었다.

"마방에 들어와서 훈련을 받으면 물살이 쭉쭉 빠져요. 차밍걸은 30킬로그램 정도 빠진 것 같아요. 하지만 원래부터 근육질인 말들은 훈련을 받아도 체중 변화가 별로 없죠. 체중이 많이 빠지는 말은 보통 좋은 성적을 내지 못해요."

스트레스 탓인지 나쁜 버릇도 생겼다. 경마 전문 용어로는 '석벽石癖'이라고 하는데 보통 '끙끙이'라고 한다. 입으로 뭔가를 문 뒤 힘껏 공기를 빨아들이며 쿵쿵대는 소리를 크게 내는 습관을 말한다. 자칫하면 소화불량을 일으킬 수 있는 나쁜 버릇이다. 사람과 달리 경주마는 소화불량 때문에 목숨을 잃는 경우도 있다. 3조 마방 식구들은 차밍걸이 이빨로 물 만한 물건에 고약한 냄새가 나는 것을 바르는 등 끙끙이 습관을 없애기 위해 애썼다.

체격은 작고, 경주로에서는 겁이 많고, 입도 짧아 먹이를 남기는 날이 많고, 밤이면 끙끙이로 시끄럽게 만드는 경주마. 아직 데뷔전조차 치르지 않았지만 3조 마방 식구들은 차밍걸에게 별 기대를 걸지 않았다. 그러나 그런 마음을 절대로 드러내진 않았다.

"우리 조 식구 중에 갓 들어온 막내를 빼면 모두 경주마를 봐온 지 10년에서 20년이 됐어요. 척 보면 견적이 어느 정도 나오죠. 다들 느낌은 있지만 그런 걸 잘 표현은 안 해요. 속으로 판단은 내리지만 입 밖으로 내지는 않죠. 능력이 없는 말이라도, 조금이라도 더 잘 뛰게 만드는 게 우리에게 주어진 소명이니까요. 장래성이 안 보이더라도 다만 1승이라도 하게 만들자는 그런 소명 의식이 있어요."

호스맨들에게는 이상한 믿음이 있다. 그들은 말이 사람의 말을 다 알아듣는다고 생각한다. 심지어 마방 한구석에 있는 칠판에도 말에 대한 평가는 잘 쓰지 않는다. 정말로 말들이 사람들이 하는 말을 어느 정도까지 알아듣는지는 모르지만, 말을 수십 년 넘게 대해온 그들의 경험에서 우러난 행동이다.

황희 정승과 소 두 마리에 관한 옛날이야기가 떠오른다.

황희 정승이 젊었을 때 일이다. 그는 훗날 훌륭한 정승이 되었지만 젊어서는 재주만 믿고 제멋대로 행동하기도 했다고 한다. 잠시 주변의 미움을 사서 쉴 때 그는 전국 유람을 하면서 견문을 넓히기 위해 길을 떠났다. 하루는 땀을 식히려고 그늘에서 쉬고 있는데, 맞은편 논에서 늙은 농부가 누렁소와 검정소를 부리며 논을 갈고 있었다.

한참 구경하던 황희가 물었다.

"누렁소와 검정소 중에서 누가 일을 잘합니까?"

그러자 늙은 농부는 일손을 놓고 일부러 황희가 있는 그늘까지 올라와 귀에 대고 속삭였다.

"누렁소가 더 잘하오."

황희는 농부의 태도에 어이가 없었다.

"그 대답을 하려고 일부러 논 밖으로 나오셨소? 게다가 귓속말까지 할 필요는 없지 않습니까?"

늙은 농부는 이 말에 얼굴을 붉히며 대답했다.

"두 마리 모두 힘들게 일하고 있는데 어느 한쪽이 더 잘한다고 하면 못한다고 한 소는 기분이 나쁠 것이 아니오. 아무리 짐승이지만 말은 함부로 하는 게 아니잖소?"

늙은 농부에게서 황희는 큰 깨달음을 얻었다고 한다.

그저 교훈을 주기 위해 누군가 지어낸 옛날이야기일

뿐이라고 생각했는데, 호스맨들의 태도를 보니 실제로 그런 농부가 있었을지도 모른다는 생각이 들었다.

2007년 12월 21일 열린 경주마 능력시험 1,000미터 경주.

8번을 달고 뛴 차밍걸은 1분 6초로 테스트에 합격했다. 커트라인은 1분 7초. 1초 차이로 가까스로 커트라인을 넘었다. 출전한 아홉 마리의 말 중에서 5위, 합격한 말 중에서는 꼴찌였다. 제주를 떠나 과천에 둥지를 튼 지 두 달여 만에 차밍걸이 또 하나의 관문을 힘겹게 넘긴 순간이었다.

체격은 작고,
경주로에서는 겁이 많고,
입도 짧아 먹이를 남기는 날이 많고,
밤이면 끙끙이로 시끄럽게 만드는 경주마 차밍걸.

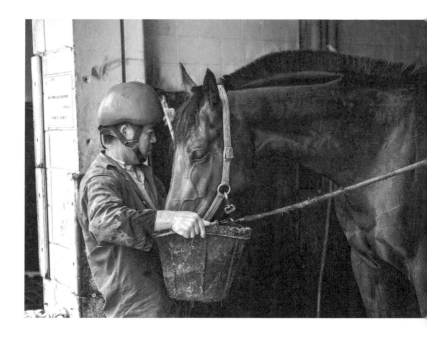

2005년 봄, 시작

차밍걸은 은퇴할 때까지 101번 경주를 뛰었는데 그중에
서 82번을 유미라 기수가 고삐를 잡았다. 그녀가 사실상
차밍걸의 전담 기수였던 셈이다. 차밍걸이 은퇴하던 날,
유미라 기수는 흐르는 눈물을 끝내 참지 못했다.

사실 이런 모습은 경마장에서 좀처럼 볼 수 없는 풍경
이다. 경주마와 기수가 진한 우정을 나누는 건 영화의 흔
한 소재이지만, 그런 감동적인 스토리는 영화 속에서나
있는 일이다. 현실에서 경주마와 기수의 관계는 비즈니

스에 더 가깝다. 기수가 말에게 특별한 애착을 갖고 있거나 말을 사랑한다고 해서 말이 더 빨리 달리는 것은 아니라는 이야기다. 기수가 계속 바뀌고 기수와 말 사이에 특별한 교감이 없어도, 말이 1등으로 결승선을 통과하는 일은 얼마든지 가능하다. 경주마와 기수의 친밀도가 실제 경기에 미치는 영향은 거의 없다고 보면 된다.

그렇지만 차밍걸과 유미라 기수의 관계는 남달랐다.

둘의 인연은 5년 전으로 거슬러 올라가 시작된다.

그녀의 어릴 적 꿈은 수영선수였다. 할머니는 경기도 수원에서 큰 갈빗집을 해서 자수성가한 분이셨고 슬하 8남매에게 재산도 넉넉하게 물려주셨다. 막내라서 귀여움만 받고 자랐던 그녀의 아버지는 돈은 많았지만 세상물정에는 어두웠다. 낙천적이고 계산에 밝지 않았던 그는 흥청망청 돈을 썼고, 움켜쥔 모래가 손가락 사이로 빠져나가듯 눈 깜짝할 새에 재산이 사라졌다. 형편이 어려워지자 가정불화가 생겼다.

"초등학교 3학년인가 4학년 때 어머니와 아버지가 헤

어졌어요. 그래서 엄마 없이 자랐고, 정신지체인 언니가 한 명 있어요."

그녀는 담담하게 말했다.

이혼하기 전 그녀의 어머니는 딸에게 수영을 가르쳤다. 어머니가 떠난 후 그녀는 아버지에게 "수영장에 데려다 줄 엄마도 없으니 운동을 그만두겠다"고 했다. 아버지는 "엄마도 없는데 네가 공부를 하겠냐. 차라리 운동을 해라. 운동만 잘해도 대학까지 진학할 수 있을 거다"라고 말씀하셨다.

유미라는 제법 괜찮은 수영선수였다. 주 종목은 계영이었고, 중학교 때는 전국대회에서 1위도 했다. 책상 앞에 앉아 있는 것보다는 물속을 누비는 것이 더 적성에 맞았던 그녀는 수영 특기생으로 경기체고에 진학했다. 수영은 그녀의 삶이었다.

그런데 세상일은 뜻대로 되지만은 않았다. 현재 그녀의 키는 160센티미터, 몸무게는 49킬로그램. 중3 때의 체격 그대로이다. 성장이 멈추자 기록 경신도 멈췄다. 이를 악물고 훈련했지만 더 이상 좋은 기록을 낼 수 없었다.

고민 끝에 그녀는 근대5종 감독님을 찾아갔다. 근대 5종은 고등부에서는 수영, 육상, 사격 3종 경기로 치른다. 수영은 원래 자신의 특기 종목이고, 육상은 어려서부터 자신 있었기에 사격만 열심히 배우면 도전해볼 만할 것 같았다. 근대5종 감독님도 흔쾌히 그녀를 받아주었다.

근대5종은 선수층이 얇아서 몇 달 훈련한 뒤 처음으로 출전한 대회부터 그녀는 3등을 했다. 전국대회에서 1등도 했다. 고교 2학년 말에는 국가대표 제의가 들어왔다. 2002년 부산 아시안게임 대표팀에 합류하게 된 것이다. 대표팀은 6명, 출전 인원은 4명. 유미라는 후보 선수였다. 하지만 주전 4명 중 누구도 다치지 않았고, 그녀에게는 끝내 기회가 돌아오지 않았다.

그녀는 근대5종 특기자로 한국체대에 입학 지원을 했다. 그런데 원서를 접수하고 며칠 지나지 않아 우편으로 보낸 원서가 반송되어 돌아왔다. 입시 요강이 바뀌어 그때부터 근대5종에서는 아예 여자를 뽑지 않았던 것이다. 국가대표 선수의 꿈, 졸업 후 체육선생님이 되고 싶었던 꿈은 그렇게 물거품이 되었고, 방황이 시작됐다.

101번의
아름다운
도전

"기수 한번 해보지 않을래?"

그녀에게 수영선수의 길을 권했던 아버지의 제안이었다. 근대5종 국가대표 때 승마도 해보았으니 어쩌면 기수가 맞을 수도 있다고 생각하신 모양이다.

그녀는 아버지를 따라 경기도 과천의 서울경마공원에 갔다.

"정말 멋지다!"

그녀는 미끈하게 잘 빠진 경주마가 힘차게 달리는 모습에 매료되었다. 기수가 돼서 팬들의 환호를 받으며 질주한다는 생각만으로도 짜릿한 기분이 들었다. 무엇보다 적성에 맞고 잘할 수 있을 거라는 자신감도 생겼다. 천성적으로 스피드를 즐기는 그녀였기에 말 타는 것이 어쩌면 운명이겠구나 하는 생각까지 들었다.

그녀는 이듬해 봄에 기수 후보생에 도전했다. 제주도 조랑말 경마에서 뛸 기수를 모집하는 테스트였다. 하지만 인생은 쉽게 문을 열어주지 않았다. 마지막 관문인 면접에서 탈락하고 말았다. 실망했지만 포기하지 않았다.

마음을 다잡고 1년 동안 아르바이트를 하면서 기수 선

발을 준비했다. 오전에는 주유소나 편의점에서 아르바이트를 했고, 오후에는 헬스클럽에 가서 운동을 하며 체력을 다졌다. 틈이 날 때면 엑스트라 아르바이트도 했다. 기수가 되겠다는 뚜렷한 목표가 있었기에 아르바이트도, 헬스클럽에서 운동하는 것도 힘든 줄 모르고 해낼 수 있었다.

두 번째 도전은 서울경마공원의 기수 후보생 시험이었다. 체구가 작은 토종 조랑말이 아니라 경주용 말인 서러브레드를 타는 정통 기수를 선발하는 과정이었다.

기수가 되기 위해서는 우선 체중과의 싸움에서 이겨야 한다. 49킬로그램이 넘으면 체력 테스트도 받지 못하고 탈락한다. 100명이 시험을 보면 30명 정도는 체중계를 내려오자마자 짐을 싼다. 체중 테스트를 가뿐하게 통과한 유미라는 체력 테스트에서도 발군의 실력을 뽐냈다. 30여 명씩 묶어서 달리기 시험을 보는데 그녀는 남자까지 합쳐서 5등으로 들어왔다. 팔굽혀펴기도 어지간한 남자보다 더 많이 했다.

'이번에는 붙을 것 같다.'

그 예감이 적중했다. 기수 후보생 합격자 명단 7명 안에 이름이 들어 있었다. 그녀는 마침내 인생에 작은 문이 열리는 기분이었다.

그녀가 기수 테스트에 통과하기 위해 안간힘을 쓰던 그때가 2005년 봄. 바로 차밍걸이 태어난 그 봄이다.

나란히 함께할 날을 준비하기라도 하듯 각별한 인연이, 서울과 제주에서 그렇게 시작된 것이다.

천성적으로 스피드를 즐기는 그녀였기에
말 타는 것이 어쩌면 운명이겠구나 하는 생각까지 들었다.

힘겨운 교육 과정

경기도 고양시에 한국마사회의 경마인력교육원이 있다.
원당역에서 가까운 서삼릉 부근이다. 기수와 마필관리
사를 육성하는 기관으로, 군대로 치자면 훈련소 같은 곳
이다.

기수 후보생에 합격한 유미라는 교육원에 들어갔다.
지금은 기수 후보생 교육 기간이 4년이지만 그때는 2년
이었다. 교육원에서의 일상은 군대와 비슷하다. 합숙하
면서 말을 돌보고 기승 기술도 배워나간다.

새벽 다섯시부터 하루 일과가 시작된다. 점호를 하고 두세 바퀴를 뛰고 나서 몸이 풀리면 마사로 간다. 말똥을 치우고, 바닥에 톱밥을 새로 깔아주고 물통을 채운다. 그리고 경주마에게 아침밥을 먹인 뒤에 아침 식사를 한다. 오전에는 기승 교육과 이론 수업이 이어지고, 오후 늦게 다시 말을 탄다. 저녁에는 당번을 정해서 건초 같은 말 간식을 넣어주고 숙소로 돌아온다. 수시로 마사 관리에 대한 검사도 받는다. 월요일 오전 일과를 마치면 외출을 할 수 있는데 외박이 허용되는 날이므로 화요일 오후 여섯시까지 돌아오면 된다.

그녀를 가장 힘들게 했던 건 체중 관리였다. 불시에 체중을 재는데 늘 49킬로그램을 유지해야 한다. 만일 49킬로그램에서 100그램이라도 넘어가면, 금쪽같은 월요일 외출을 반납하고 교육원에 남아 말밥을 줘야 한다.

그녀의 몸무게는 원래 52~53킬로그램이었다. 기수 후보생 테스트를 치를 때는 3~4킬로그램을 빼고 합격했지만, 교육원에서 49킬로그램을 유지하려니 뭐 하나 마음대로 먹을 수가 없었다. 새벽 다섯시에 일어나는 규칙적인 생활에 영양 섭취까지 부실하다 보니 교육을 받기 어려울 정도로 빈혈이 심해졌다. 2학년에 진급한 직후 봄에 휴학한 뒤, 한 기수 아래 후배들과 합류해 2학년에 올라갔다. 결과적으로, 이때 휴학하지 않았다면 차밍걸과 만나지 못했을 뻔했다.

입학할 때만 해도 우등생이었지만 남자 동료들과의 경쟁은 쉽지 않았다. 다른 스포츠와 달리 경마는 남녀 기수가 완벽하게 동등한 조건에서 경쟁을 펼친다. 여자라고 봐주는 건 눈곱만큼도 없다. 여자 기수 중에서도 남자 못지않게 힘 있게 말몰이를 하는 기수가 있지만, 그녀는 말을 극한까지 몰아붙이며 레이스를 펼치는 게 쉽지 않았다. 그녀는 점차 우등생에서 평범한 교육생으로, 평범한 교육생에서 좀더 노력이 필요한 교육생으로 뒤처졌다.

교관들이 보기에 그녀는 부족한 점이 많았다. 만만치 않은 기수의 길을 잘 헤쳐나갈 수 있을지 의심스러웠다. 그 때문인지 다른 교육생들보다 더 혹독한 과정을 이겨

내야 했다. 군대에서 얼차려를 받는 것처럼 교관들에게 자주 혼쭐이 났다. 조금만 실수를 하면 안장을 머리에 이고 달리기, 말에서 내려 고삐를 잡고 주로를 달리기 같은 벌칙을 받았다.

말을 잡고 주로를 뛰는 건 말도 못하게 힘들었다. 말은 말을 안 듣고, 모래로 된 주로에 발은 푹푹 빠지고……. 안장 들고 뛰기도 수없이 해야 했다. 교관들은 마치 어디까지 버티는지 한번 보자는 듯 이것저것 마구 시켰다. 그래도 그녀는 꼭 해내야만 했다. 그만두면 다시 불안했던 과거로 돌아가야 했기에.

경주마를 잡고 뛰는 건 애완견을 끌고 산책하는 것과는 차원이 다르다. 말은 500킬로그램 안팎의 거구로 기수의 10배가 넘는다. 사람이 말을 끌고 가는 게 아니라 말이 사람을 끌고 다니기가 더 쉽다. 또 경주마는 고분고분하게 말을 잘 듣는 종이 아니라 야성을 뽐내며 빨리 달리도록 개조된 종이다.

맨몸으로 달려도 발이 푹푹 빠져서 금세 지치는 모래 주로를 안장을 머리에 이고 뛰는 건 극한의 고통이었다.

군대에서 소총을 머리에 세우고 뛰어본 사람이라면, 그 느낌을 조금 알 수 있을 것이다.

살아간다는 건 한 고비 한 고비, 첩첩산중을 넘는 일과 같다. 고개 하나를 넘었다 싶으면 더 큰 고개가 기다리고 있다. 그 고개를 넘으면 진짜 산이 나온다. 산을 넘고 나면, 내가 넘은 산이 야트막한 뒷산에 불과했다는 것을 실감하는 거대한 산줄기를 맞닥뜨리기도 한다. 때때로 불어오는 산들바람을 즐기고, 길가에 핀 야생화의 아름다움에 감탄하면서, 사람들은 그렇게 자신들의 산을 올라간다. 무거운 등짐을 짊어지고, 숨을 헉헉대며 올라가는 사이 자기도 모르게 다리 근육은 점점 강하게 단련된다.
그녀가 이렇게 맨바닥에 구르고 있는 동안, 차밍걸은 경주마로 등록한다.

2007년 10월 26일.
차밍걸이 경주마로 이름을 올린 날이다.
마주는 변영남, 조교사는 최영주.

말을 잡고 주로를 뛰는 건 말도 못하게 힘들었다.
말은 말을 안 듣고, 모래로 된 주로에 발은 푹푹 빠지고…….
그래도 그녀는 꼭 해내야만 했다.
그만두면 다시 불안했던 과거로 돌아가야 했기에.

• • •••

3장

냉혹한
경쟁

두 후보생

2007년 11월, 기수 후보생이던 미라 씨는 실습을 나갔다. 사범대 졸업반 학생이 교생 실습을 나가는 것과 비슷한 과정이다. 실제로 마방에 배치돼 미리 현장 경험을 하는 것이다.

그녀와 차밍걸 사이에 질긴 운명의 끈이 있었던 걸까.

실습을 나온 기수 후보생은 열 명도 안되었고, 서울경마공원에는 53개 조가 있었는데 그녀는 차밍걸이 있는 3조에 배정됐다.

만일 그녀가 빈혈로 휴학을 하지 않았더라면 차밍걸과 만날 수 없었을 것이다. 휴학을 하지 않고 1년 전에 실습을 했다면, 그때 차밍걸은 한창 제주도의 푸른 들판을 누비고 있었으니 둘은 엇갈렸을 것이다. 유미라와 차밍걸의 필연적인 만남은 이처럼 몇 겹의 인연과 우연이 겹쳐 이뤄졌다.

차밍걸이 태어난 2005년에 미라 씨도 기수 후보생에 합격해 본격적으로 경마와 인연을 맺게 된 것을 비롯해, 그녀가 기수 후보생 시절에 빈혈 등으로 고생하며 탈락 위기에 몰렸던 것처럼 차밍걸도 작은 체구 등 열악한 조건 탓에 경주마가 될 기회를 놓칠 뻔했다. 미라 씨는 2008년에 정식 기수가 됐고, 차밍걸도 서울경마공원에 입성하고 능력 검사에 합격해 같은 해에 정식 경주마로 발돋움했다.

그사이 실습 과정에서 둘이 처음 만나게 된 것이다.

실습 기간은 약 3개월. 그 기간 동안 미라 씨가 차밍걸을 맡아서 훈련시켰다. 아직은 서툴기만 한 교생 선생님과 별로 내세울 게 없었던 학생 차밍걸의 만남.

훈련 때 차밍걸이 말을 잘 듣지 않아서 다루기 힘들었지만, 실습을 마치고 교육원으로 돌아온 뒤에도 그녀는 차밍걸의 성적을 챙겨 보면서 응원했다. 이때만 해도 이후에도 자신과 차밍걸의 인연이 계속될 것이라고는 전혀 생각하지 못했다.

둘의 공통점이 또 있다. 바로 외모다.

미라 씨를 두고 역대 여자 기수 중에서 최강 미모라고 칭찬하는 팬들이 많다. 경마를 주제로 했던 영화 〈그랑프리〉에서 주연배우 김태희의 대역을 맡은 덕분에 팬클럽까지 생겼다.

기수복을 입은 모습이 매력적이라고 하는 팬들이 많은데, 그건 그녀가 제대로 꾸민 모습을 보지 못했기 때문일 것이다. 예쁘게 화장하고 차려입으면 연예인 못지않은 얼굴이다.

차밍걸도 마찬가지다. 체구는 작지만 차밍걸의 몸매는 균형이 잘 잡혀 있다. 다른 경주마에 비해 체중은 100킬로그램 이상 가벼운데도 키는 별로 작지 않다. 차밍걸의 무게가 덜 나가는 이유는 어깨의 넓이가 좁아서다. 앞에서 보면 홀쭉하다. 사람으로 치면 몸무게는 가볍고, 키는 늘씬하고, 어깨는 좁은 체형이다. 말과 사람을 같은 미의 잣대로 놓고 볼 수는 없지만, 가냘파서 왠지 보호해주고 싶은 체구가 아닐까.

하지만 그들이 몸담고 있는 곳은 냉혹한 승부의 세계다. 외모가 예쁘장한 건 그리 중요하지 않다. 오히려 거추장스러울 때가 더 많다. 경마는 미를 겨루는 콘테스트가 아니다. 경마에서는 빠르게 달리는 말, 강하게 말을 몰아대는 기수가 최고로 꼽힐 뿐이다.

실습 기간은 약 3개월.
그 기간 동안 미라 씨가 차밍걸을 맡아서 훈련시켰다.
아직은 서툴기만 한 교생 선생님과
별로 내세울 게 없었던 학생 차밍걸의 만남.

경주마로 데뷔하다

2008년 1월 12일, 마침내 차밍걸이 데뷔전을 치르는 날. 1,000미터 제5경주. 미라 씨는 아직 기수 교육원에 있을 때였다.

1,000미터는 경마에서 최단거리 경주다. 열두 마리 가운데 8번을 달고 달린 차밍걸은 10위로 골인했다. 1분 6초 1. 며칠 전 경주마 능력시험에 합격했을 때보다 오히려 0.1초 기록이 나빠졌다. 1등보다 무려 40미터나 뒤처져 들어왔다.

겨우내 혹독한 훈련을 했지만 3월 1일 두 번째 경기에서는 열네 마리 중 13위를 했다. 꼴찌를 면한 게 그나마 다행이었다. 이후에도 성적은 하위권을 맴돌았다.

　10위-13위-8위-10위-7위-9위.

　차밍걸은 참으로 꾸준하게 저조한 성적을 거뒀다. 어떤 기수가 타더라도 성적에는 큰 변화가 없었다. 열두 마리가 달리면 10위 정도를 기록했고, 열 마리가 달리면 7~8위를 했다. 열네 마리가 달리면 9~13위를 했다. 단 한 번도 상위 50퍼센트에 들지 못했다.

　그사이 미라 씨는 후보 딱지를 떼고 정식으로 기수가 되었다. 그런데 정식 기수라는 산을 넘자 정말로 더 큰 산이 앞을 가로막고 있었다. 이제 그녀는 더 이상 학생도 교육생도 아니었다. 세상 한가운데에 내던져진 것이다.

　"기수 후보생 때보다 더 힘들었어요. 서울경마공원에 기수는 60명쯤 돼요. 저는 몸도 멀쩡하고 힘도 있는데 탈 말이 없었어요. 그건 엄청나게 허무한 일이에요. 나는 경주를 하고 싶고 준비도 끝났는데 기회가 오질 않았어요."

일종의 개인사업자인 기수는 기수 면허를 발급받으면 일을 할 수 있다. 경주에 나갈 수 있는 자격증이 생긴 것이다. 그런데 경주에 출전하려면 마주와 조교사로부터 선택을 받아야 한다. 능력이 검증된 실력 있는 기수들에게는 출전 요청이 쇄도하지만 그렇지 못한 기수에게는 기회가 잘 오지 않는다.

기수가 하는 일은 크게 두 가지다. 하나는 주말에 열리는 실제 경주에 출전하는 것이고, 다른 하나는 경주에 나설 수 있도록 새벽마다 경주마를 훈련하는 것인데 이를 '새벽 조교'라고 부른다.

기수의 근무 방식도 두 가지다. 조에 배정된 기수와 프리랜서 기수가 있다.

프리랜서 기수는 프리랜서 아나운서와 비슷하다. 실력 있는 인기 기수는 프리랜서 기수로 일하면서 말을 골라 탄다. 상금이 이들의 주 수입원으로, 새벽 조교도 하지만 프리랜서인 만큼 그에 대한 수당을 따로 받지는 못한다.

조에 배속된 기수는 프리랜서 기수처럼 많은 경주에 출전할 수는 없지만 새벽 조교를 하면 조교비를 따로 받는다. 새벽 조교만 열심히 해도 200만 원이 넘는 고정 수입을 올릴 수 있다. 프리랜서 기수와 비교하면 좀더 회사원 같은 느낌이다.

정식 기수가 된 미라 씨는 실습을 했던 3조의 문을 두드렸다. '자이언트 자키' 최영주 조교사의 마방이다. 사실 자이언트 최는 그녀를 별로 달가워하지 않았다. 그의 눈에 비친 미라 씨는 너무 예쁘장하기만 했고, 남자도 버티기 힘든 살벌한 세계에서 살아남을 수 있을지 걱정이 앞섰다.

비전 없는 말 차밍걸, 큰 재능이 엿보이지 않는 기수 유미라. 참 비슷한 처지였다.

그해 8월 2일 1,000미터 제1경주. 미라 씨가 드디어 기수로 데뷔하는 날이었다. 데뷔전에 함께할 말은 바로 차밍걸. 차밍걸에게는 일곱 번째 경주였다.

모두 열두 마리가 출전했다. 미라 씨는 박태종, 이신영 등 후보생 시절에 이름만 듣던 쟁쟁한 선배들과 어깨를 나란히 하고 출발대에 들어섰다.

－탕!

　힘차게 출발대를 박차고 나간 차밍걸은 200미터 지점에서 7위로 중위권에 자리를 잡았다. 이 정도면 출발은 나쁘지 않다. 차밍걸의 뜀이 그전보다는 조금 가벼워 보인다. 신인 기수에 대한 배려로 차밍걸은 전보다 4킬로그램을 적게 달고 뛰었다. 경주마의 성적, 기수의 성적 등에 따라 부담중량을 정하고 기수의 몸무게를 감안해 안장 무게를 조절하는데, 체구가 작은 차밍걸에게는 부담중량을 줄인 게 큰 효과가 있었다.

　3코너를 지나면서 차밍걸은 속도를 더 내면서 선두권 세 마리를 추격했다. 조금만 더 힘을 내면 3위 입상도 가능할 것 같았다. 유미라 기수와 차밍걸이 조화를 이루며 기대 이상으로 달리고 있었다. 하지만 막바지 직선주로에서 다소 힘이 부치면서 차밍걸은 결국 6위로 골인했다. 차밍걸이 데뷔 후 거둔 최고의 성적이었다. 미라 씨로서도 의미가 컸던 데뷔전이었다. 유미라와 차밍걸이 함께할 82번의 경주 중 첫 번째 경주였다.

3주 뒤에도 유미라 기수와 차밍걸은 호흡을 맞췄다. 이번에도 열두 마리가 출전하는 1,000미터 경주. 차밍걸은 꾸준히 레이스를 전개했고 역시 6위로 골인했다. 이날 성적은 1분 2초 7. 차밍걸의 1,000미터 최고 기록이었다.

10월 4일 열린 차밍걸의 아홉 번째 경주에는 김동균 기수가 올랐다. 신예 기수가 타서 두 번 연속 6위를 했으니, 베테랑 기수가 타면 좀더 좋은 성적을 내지 않을까 하고 기대를 건 경주였다.

그러나 성적은 열네 마리 중 9위. 미라 씨가 탔을 때보다 오히려 좋지 않았다.

"고참 기수가 타도 별 볼일 없구만. 부담중량 적은 유미라하고 차밍걸이 딱 맞는 것 같네. 그냥 차밍걸은 유 기수한테 맡기는 게 좋겠어."

차밍걸과 햇병아리 기수 유미라는 그렇게 짝이 되었다.

차밍걸은 그해 모두 열네 차례 경주에 나섰다. 다른 기수가 타고 3등을 한 것이 그중 가장 좋은 성적이었다.

유미라 기수는 그해 6월 중순부터 12월까지 31경기에 출전했고 1등은 한 번도 하지 못했다. 차밍걸이 아닌 다른 말을 타고 2등과 3등을 각각 한 번씩 했다.

　유미라와 차밍걸의 성적은 마치 판박이처럼 비슷했다. 평범한 말 차밍걸과 평범한 기수 유미라의 데뷔 첫 해가 평범하게 저물어갔다.

뭔가 해냈다 싶으면,
그건 새로운 전쟁의 시작에 불과했다.
그런데 다 끝났다고 체념했을 때에는
새로운 길과 희망이 어김없이 나타났다.

그녀는 오늘도 열심히 달린다.
자기 몫을 해내기 위해.

그래도 계속 달리기 위해

서울경마공원 마사에는 약 1,500의 말들이 있고, 말들마다 성격이 제각각이다. 그중에서 특히 제멋대로이고 거친 말들이 있다. 성적이 별로 좋지 않은 미라 씨에게 차례가 돌아오는 말은 바로 그런 말이다. 위험하지만 기승료가 나오기 때문에 그런 기회라도 붙잡을 수밖에 없다.

'페르소나'라는 경주마가 있었다. 2009년 다른 기수가 주행검사를 했다가 두 차례 실패한 뒤 미라 씨가 직접 훈련시켜서 경주마로 데뷔시킨 말이다. 데뷔 이후 그녀가 두 번 정도 탔지만 성적이 6위, 9위에 그쳤다. 그런데 세 번째 경주에 다른 기수가 탔고, 페르소나는 1위로 골인했다. 그 후 미라 씨에게는 좀처럼 페르소나를 탈 기회가 오지 않았다.

포기 직전이었던 망아지를 고생 끝에 그럴듯한 말로 조련시켜놓아도, 그 말이 좋은 성적을 내면 결국 다른 기수의 차지가 되어버리고 만다. 이런 일이 수도 없이 반복되었다.

그래도 그녀는 밝은 모습을 잃지 않았다. 다른 기수들과 달리 조교사를 만나면 큰 소리로 먼저 인사를 건네고, "저한테도 한번 기회를 주세요."라는 말을 꼭 붙인다. 기수들은 자존심이 강해서 태워달라는 말을 잘 하지 않는다. 하지만 미라 씨는 몇 번이라도 이야기한다. 그러면 한 번은 기회가 오기 때문이다. 기수는 개인사업자이기 때문에 기회는 스스로 잡을 수밖에 없다.

그녀는 꾀를 부리지도 않았다. 그런 점은 차밍걸과 꼭 닮았다.

"낙마하고 나면 아프다는 이유로 며칠씩 새벽 조교를

안 나가는 기수들도 꽤 있어요. 저는 낙마를 해도 멀쩡할 때가 많아서, 다음 날 새벽 조교도 웬만하면 거르지 않아요. 솔직히 제가 기승 기술이 남보다 뛰어난 것 같지는 않아요. 안 좋은 습관도 있죠. 그렇지만 남들보다 잘하는 걸로 제 가치를 높여야죠. 태워주면 열심히 타고요."

예쁘장한 얼굴 때문에 선입견을 갖고 그녀를 대했던 조교사들도, 이제는 그녀가 누구보다 열심히 기수 생활을 한다는 것을 인정한다.

미라 씨는 2008년을 마치고, 최영주 조교사의 팀에서 다른 팀으로 소속을 옮겼다. 최 조교사도 굳이 다른 팀으로 가겠다는 그녀를 잡지 않았다.

"새로 마방을 잡기까지 몇 개 조를 찾아갔는지 몰라요. 마치 연예인이 되기 위해 오디션 보는 것과 비슷하거든요. 서너 군데 찾아갔는데 아무 곳에서도 제게 관심을 보이지 않았어요. 38조에 가서는 모든 사정을 다 이야기했죠. '소속 팀 기수라고 해서 출전시켜야 한다는 부담을 갖지 않으셔도 돼요. 전 그냥 훈련만 시킬게요. 부담 없이 탈 수 있는 말이 있으면 태워주세요.' 그랬더니 와서 한번 해보라고 하시더군요."

팀을 옮기면 타는 말도 바뀌는 게 보통이지만 차밍걸 만큼은 달랐다.

"소속 조에서 먼저 상황을 체크한 뒤 탈 말이 없으면, 다른 조에서도 조교할 말을 찾아볼 수 있어요. 차밍걸은 제가 계속 탔던 말이니까, 계속 타면 안 되느냐고 물어봤 어요."

늘 중하위권을 맴도는 차밍걸을 타겠다는 기수를 그때 마다 물색하는 것도 쉽지 않은 일이다. 차밍걸을 누구보 다 잘 아는 미라 씨가 차밍걸을 계속 타겠다는 건 최영주 조교사로서도 반가운 일이었다. 둘의 인연은 그렇게 다 시 이어졌다.

경주마는 일반적으로 한 달에 한 번 경기를 치른다. 경 주를 치르고 나면 2주간 쉬고, 2주간 조교를 받은 뒤 다 시 경주에 나선다. 2주간 쉴 때는 초지에 방목되기도 하 고, 마사에서 편하게 지내면서 틈틈이 걷기 운동 정도만

하면서 컨디션을 조절한다. 2주간 훈련 때는 새벽에 주로에 나가서 훈련을 한다.

사람이나 경주마나 똑같은 점이 있다. 훈련을 싫어한다는 것이다. 여러 가지 제약 조건을 달고 한계치를 뛰어넘는 도전을 해야 하는 훈련은, 경주마에게도 귀찮고 힘든 일이기 때문이다.

미라 씨의 말에 따르면 차밍걸은 마방에서는 굉장히 착하고, 훈련할 때는 칼칼하고, 막상 경기가 시작되면 전략대로 잘 달리고 끝까지 열심히 뛴다고 한다. '칼칼하다'는 것을 성질머리가 뻣뻣하고 사람 말을 잘 듣지 않는 말을 표현할 때 쓰는 경마계 은어다.

푹 쉬다가 조교를 하며 컨디션을 끌어올리면 경주마는 직감적으로 경주에 나갈 날이 다가오고 있다는 것을 안다. 경주 당일이 되면, 새벽 훈련을 하지 않고 마방에서 쉰다. 경주 세 시간 전에는 금지약물 복용 등을 가려내기 위해 도핑 테스트를 받는다. 경마에서는 철저하게 도핑 테스트를 실시한다. 출전하는 말은 모두 진료소 앞으로 가서 목에 있는 정맥에서 혈액을 뽑는다. 둔한 말도 이

과정을 거치면 그날 경주에 나간다는 것을 알고 수험생
처럼 긴장하기 마련이다. 뭘 잘 모르는 동물이 무슨 긴장
을 하겠느냐고 생각하면 오산이다. 어떤 말들은 경주 시
간이 다가오면 사시나무 떨듯 온몸을 떨기도 한다.

아직 우승 한번 못한 별 볼일 없는 말이라도, 마방 식
구들은 1위 입상을 꿈꾸며 훈련을 시키고 기수는 채찍을
휘두른다. 살아 숨 쉬는 생명체가 벌이는 경기. 이것이
경마다. 차밍걸도 한때는 이런 기대를 받으며 경주로에
섰다.

차밍걸을 누구보다 잘 아는 미라 씨가
차밍걸을 계속 타겠다는 건 최영주 조교사로서도 반가운 일이었다.
둘의 인연은 그렇게 다시 이어졌다.

새로운 목표

이듬해인 2009년에도, 그다음 해인 2010년에도 꾸준히 뛰었지만 차밍걸은 단 한 번도 우승을 하지 못했다. 그렇지만 오히려 차밍걸은 다른 말들이 한 달에 한 번 경주에 나갈 때 두 번씩 뛰었다.

경주마는 보통 경주에 나가서 전력 질주하고 나면 끙끙 앓는 경우가 많다. 경주를 뛰는 것은 육체적으로도 극도로 힘들 뿐 아니라, 예민한 동물인 말에게는 엄청난 스트레스이기 때문이다. 차밍걸도 서너 살까지는 경주를 뛴 다음에는 하루 이틀 지나야 기운을 회복했다. 그런데 네 살이 지난 뒤부터는 경주 다음 날이면 빠르게 컨디션을 되찾았다. 부상을 입는 일도 거의 없었다. 그러다 보니 쉬는 기간이 단축되고, 2주에 한 번씩 경주에 나가게 되었다.

2011년 여름, 차밍걸은 어느새 '60전 60패'를 기록하고 있었다.

당시 서울마주협회 회장이었던 강용식 마주는 연패 행진을 하고 있는 차밍걸을 세상에 알리기 위해 적극적으로 앞장섰다. 그는 우승하는 말들만이 주목받을 가치가 있다고 생각하지 않았다. 지는 말 차밍걸도 감동을 줄 수 있다고 믿었다. 경마는 단순히 베팅을 목적으로 하는 것이 아니라 인간과 동물이 교감을 나누는 스포츠라고 생각했기 때문이다. 그는 차밍걸의 도전을 더 많은 사람들이 알게 되고 함께 응원하게 되길 바랐다. 마주협회에서 그렇게 처음 차밍걸의 이야기를 알리기 시작했다.

그즈음부터 몇몇 경마팬들도 차밍걸을 알아보기 시작

했다. 맨날 지는데도 꾸준히 경주에 나오는 것이 신기하기도 하고, 도대체 언제까지 지기만 할까 궁금증을 일으키기도 했던 것이다.

"'당나루'라는 말이 연패 기록을 세울 때도 관심을 끌었어요. 95패로 최다 연패 기록을 가진 말이죠. 차밍걸이 계속 지기만 하니까 당나루의 기록을 깨지 않기를 바라는 마음으로 관심 있게 지켜보는 팬들이 늘어났어요."

주말이면 경마장을 찾곤 했던 최영일 씨도 어느새 차밍걸의 팬이 되었다고 한다.

1등으로 들어올 확률은 낮지만 차밍걸에게 100원이나 1,000원씩 소액을 베팅하면서 응원하는 팬들이 점점 늘었다. 몇몇 팬들은 차밍걸의 마권을 행운의 부적으로 여기면서 매번 구입하기도 했다.

60패에서 70패, 80패…….

차밍걸이 지면 질수록 차밍걸의 인기가 올라가고 차밍걸에 대한 관심이 높아지는 기현상이 빚어졌다. 차밍걸을 알아보는 사람들도 늘어났고, "차밍걸 파이팅!"을 외치는 목소리도 들려오기 시작했다.

물론 이기지 못하는 말이 인기를 끄는 것을 곱지 않게 보는 시선도 있었다. 그들의 눈에 차밍걸은 '똥말'일 뿐이었다. 하지만 그런 시선에도 아랑곳하지 않고 차밍걸은 자기 페이스대로 꾸준히 달렸다.

패가 거듭되면서 차밍걸에게는 '최다 연패 기록 경신'이라는 새로운 목표가 생겼다. 최영주 조교사는 차밍걸이 점점 나이가 들고 우승할 가능성도 보이지 않으니 은퇴시키는 것이 어떠냐고 변영남 마주에게 권하기도 했었다. 조교사로서의 냉정한 판단이었다. 그런데 이제 차밍걸의 경주에 '우승'이 아닌 다른 의미가 부여되면서 그도 은퇴를 권할 수만은 없는 상황이 되었다.

차밍걸의 사연은 어느새 입소문을 타고 인터넷을 통해서 퍼져나갔다. 차밍걸의 경주를 보기 위해 경마장을 찾는 사람들도 생겨났다.

"차밍걸이 달리는 모습을 보면 나도 열심히 살아야겠다는 마음이 들어요."

매번 지지만 포기하지 않고 최선을 다해 열심히 달리

는 말. 그런 차밍걸에게서 많은 사람들이 뜻밖의 위안과 용기를 얻고 있었다. 경마를 도박이라고 생각하는 우리나라에서는 이례적인 반응이었다.

차밍걸의 기록이 최다 연패 기록에 바짝 접근해가면서 차밍걸은 본격적으로 유명해지기 시작했다. 신문과 방송 등 여러 매체에서도 차밍걸에게 관심을 기울였다. 차밍걸이 '당나루'의 95연패를 넘어설 수 있을까?

2013년 5월 26일, 차밍걸의 96번째 경주가 열렸다.

예상을 뒤엎고 이번에는 1등을 할 수 있을까?

아니면 최다 연패 기록을 달성할까?

모두가 혹시나 하는 기대를 안고 차밍걸의 경주를 지켜봤다.

혼신의 힘을 다해 달렸지만 차밍걸은 결국 9위를 차지하며 한국 경마 사상 최다 연패 기록을 세웠다.

"주목받지 못하는 걸 알면서도 열심히 달리는 모습을 보면 안쓰러우면서도 대견했어요. 중간이나 그 아래밖에

1등으로 들어올 확률은 낮지만
차밍걸에게 100원이나 1,000원씩 소액을 베팅하면서
응원하는 팬들이 점점 늘었다.

못하지만 자기보다 큰 말들 틈에서 끝까지 열심히 뛰는 모습을 보면 성실하게 살아가는 소시민의 삶을 보는 듯했지요. 차밍걸을 함부로 똥말이라고 부르지 마세요. 차밍걸이 똥말이면 우리 같은 소시민은 다 똥말인가요."

'차밍걸이 똥말이면 우리 같은 소시민은 다 똥말이냐'는, 차밍걸의 팬 최영일 씨의 말이 가슴을 때렸다.

차밍걸은 데뷔 첫 해인 2008년부터 마지막 해인 2013년
까지 여섯 시즌 동안 총 101전을 뛰었다.

통상적으로 경주마들은 한 달에 한 번 경주에 투입되
고, 성적이 좋은 특급 경주마는 6~8주에 한 번만 경주에
나가기도 한다. 충분히 휴식을 취해서 몸을 만들고, 목표
를 정확히 설정해 중요한 경기에서 우승하기 위해서다.
그러니 경주마가 은퇴할 때까지 꾸준히 뛴다 해도 100전
넘게 뛰는 일은 매우 드물다. 100전 넘게 달리려면 그만

큼 건강하기도 해야 하거니와, 퇴출시키지 않고 꾸준히 출전시킬 정도의 성적을 유지해야 한다. 밥값도 못하는 만년 꼴찌마를 계속 출전시킬 이유는 없기 때문이다.

그런 면에서 차밍걸은 일반적인 경주마들과 다른 출전 주기를 택했다. 차밍걸은 자기만의 방식으로 생존의 길을 모색한 것이다.

경주마를 한 달간 관리하는 데는 약 120~130만 원 정도가 든다. 마주가 말을 마방에 위탁하고 조교사에게 내는 관리 비용이다. 경주마는 경주에서 좋은 성적을 내서 관리비보다 더 많은 상금을 버는 것이 존재 이유다. 또 아프지 말아야 한다. 병에 걸리면 경주에도 출전하지 못하고, 병원비가 별도로 들기 때문에 손해가 크다.

변영남 마주와 최영주 조교사는 "차밍걸은 제 밥값은 다한 녀석"이라고 한다. 좀처럼 다치지 않고, 2주에 한 번씩 달리면서 반드시 벌어야 하는 만큼은 벌었다.

그럼 마주가 차밍걸에게 투자한 비용은 모두 어느 정도일까.

3,000만 원을 투자하고 경주마 두 마리를 받았으므로 차밍걸의 매입 금액은 1,500만 원인 셈이다. 차밍걸이 서울경마공원에 머문 기간은 약 75개월이니 매달 130만 원의 관리비를 계산하면 약 9,750만원이다. 다행히 병원비는 별로 들지 않았으니 차밍걸을 사들이고 유지하는 데 든 비용은 대략 1억 3,000만 원 정도다.

경주마에게는 1위부터 5위까지 상금이 주어진다. 차밍걸은 통산 3위를 8번, 4위를 9번, 5위를 2번 했다. 상금은 경주마다 조금씩 다른데 차밍걸은 여섯 시즌 동안 수득 상금으로 5,694만 7,000원을 벌어들였다. 이중 약 75퍼센트가 마주의 몫이다.

이게 전부가 아니다. 10위 이내로 들어오면 마주에게 출전 장려금이 지급된다. 한 달에 한 번 뛰어서 10위 이내를 기록하면 관리비 정도는 벌어오는 셈이다.

차밍걸은 101번의 경주에서 10위 밖으로 밀려난 것은 15번밖에 되지 않는다. 출전만 하면 상금이든 출전 장려금이든 조금씩은 벌어온 것이다. 중하위권으로 처지더라도 끝까지 포기하지 않고 달려서 꼴찌는 하지 않는 말이라는 칭찬을 받은 것도 이 때문이다. 차밍걸이 받은 출전 장려금은 어림잡아 9,000만 원 정도다. 상금과 출전 장려금을 합하면 차밍걸은 약 1억 3,000만 원 정도를 벌어들였다.

잔병치레 없이 부지런히 달린 덕분에 차밍걸은 경주마로서 스스로 자기 밥값을 벌며 최소한의 밥벌이는 한 것이다. 그래서 차밍걸을 두고 남들 한 시간 일할 때 두 시간씩 일해서 먹고사는 서민 같은 경주마라고 이야기하기 시작했다. 한 번도 1등을 하지 못하는 가치 없는 경주마가 열심히 달리는 모습에 사람들이 관심을 보이게 된 것도 바로 그 때문이었다.

그런 차밍걸의 커리어 속에도 화려한 시절이 있었다.

차밍걸이 한 달에 무려 세 번이나 경주에 출전한 일이 두 차례나 있었다. 첫 번째는 2011년 10월. 차밍걸은 10월 2일과 15일에 이어 30일에도 경주에 나섰다. 2주에 한 번꼴로 경주에 출전한 것이다. 15일 경주에서는 열한 마리 가운데 4위를 차지하며 327만 원의 상금도 받았다. 2일과 30일 경주에서도 6위, 8위에 올라 출전 장려금을 받았다. 10월 한 달 동안 800만 원 가까이 수입을 올린 것이다.

말은 추위보다는 더위에 더 약하다. 그래서 여름에는 기력이 약해지고 컨디션 조절이 힘들어진다. 그럼에도 차밍걸은 2012년 7월에도 1일, 15일, 28일, 한 달에 세 번이나 힘차게 달렸다. 각각 10위, 7위, 8위에 올라 세 차례 모두 출전 장려금을 받았다.

이뿐만이 아니다. 2009년 5월 10일부터 8월 22일까지 약 넉 달 동안에는 3위 세 번, 4위 네 번 등 일곱 번이나 5위 이내에 진입해서 상금으로만 1,656만 원을 벌어들였다.

차밍걸이 그저 기록을 세우기 위해 억지로 경주에 출전한 것이 절대 아니었다는 걸 알 수 있다. 변영남 마주는 "자기가 알아서 장학금 받아가면서 속 썩이는 일 없이 자란 자식 같은 말"이라고 차밍걸을 칭찬한다. 그 말은 괜한 공치사가 아니었다.

서울경마공원에는 2011년까지만 해도 차밍걸과 함께 '최강 꼴찌마'를 경쟁하는 라이벌이 있었다. '무한투혼'이라는 말로, 차밍걸과 같은 2005년생이다. 기대에 못 미치는 성적 때문에 차밍걸처럼 자주 출전하는 전략을 택한 것도 비슷하다.

하지만 무한투혼은 61전을 끝으로 2011년 8월 21일 은퇴했다. 이날 무한투혼의 성적은 열두 마리 가운데 12위. 공교롭게 이튿날 경주에서는 차밍걸이 경주에 나섰다. 차밍걸은 3위를 기록하며 상금으로 367만 원을 받았다.

무한투혼과 달리 차밍걸이 어떻게 살아남아서 101전까지 뛸 수 있었는지 알 수 있는 대목이다.

잔병치레 없이 끝까지 열심히 달린 덕분에 차밍걸은
경주마로서 스스로 자기 밥값을 벌며 최소한의 밥벌이는 한 것이다.
그래서 차밍걸을 두고 남들 한 시간 일할 때
두 시간씩 일해서 먹고사는
서민 같은 경주마라고 이야기하기 시작했다.

미스터파크

차밍걸과는 정 반대편에 있는 말이 있다. '미스터파크'라는 영웅적인 경주마다.

경주에 나서기만 하면 이기는 경주마, 제 몸이 부서질 정도로 폭풍처럼 질주하는, 승부욕이 강했던 말. 미스터파크는 거의 모든 면에서 차밍걸과는 극과 극이었다.

차밍걸과 달리 미스터파크는 명문가의 후예다. 미국 켄터키가 고향인 아버지 액톤파크의 시조는 서러브레드종의 원조인 시리아 알레포 출신의 다알리 아라비안이

101번의
아름다운
도전

다. 21대 조상은 1764년 개기일식이 있던 날 영국에서 태어난 명마 이클립스다. 21대 조상, 그 이전까지 혈맥을 거슬러 올라가는 뼈대 있는 집안이다. 이클립스는 18전 18승을 거둔 명마로, 현대 경주마의 90퍼센트에 그 피가 섞여 있다고 한다. 미스터파크라는 이름은 아버지 액톤파크와 증조부 격인 미스터프로스펙터에서 따서 지어졌다. 생김새가 예쁘다는 이유로 경주마로서는 어울리지 않는 이름을 가지게 된 차밍걸과는 작명 과정부터 다르다.

미스터파크는 미국에서 잉태됐고, 한국에 수입된 씨암말의 배 속에서 태평양을 건너 2007년 제주도에서 태어났다. 거칠고 반항적인 기질이 강한 미스터파크는 어려서 거세를 했다. 남성 호르몬이 줄어들면 성격이 온순해지기 때문이다. 그러나 거세를 했어도 미스터파크의 질주 본능은 사라지지 않았다. 체격도 당당했다. 400킬로그램을 왔다 갔다 하는 차밍걸과 달리 미스터파크는 480킬로그램의 당당한 체구를 자랑했다.

혈통 좋고, 체격도 뛰어나고, 승부욕까지 갖춘 미스터파크는 데뷔전에서부터 3위를 기록했다. 그리고 두 번째 경주부터 17경기 연속 우승 행진을 시작했다. 차밍걸이 101경주를 뛰면서 한 번도 해보지 못한 우승을, 미스터 파크는 두 번째 경주부터 달릴 때마다 해냈다. 1922년 조선경마구락부가 생긴 이래 최다 연승 기록으로, 차밍걸의 최다 연패 기록과는 정 반대의 기록이다.

하지만 영광 뒤에는 상처도 뒤따랐다. 양제3중수골원위단이단성골연골염. 관절에서 작은 뼛조각들이 떨어져 나와 운동할 때 관절을 자극하여 관절 부위에 염증을 일으키는 질환이다. 이런 염증이 생기면 만성적으로 관절 조직이 두꺼워지고 관절의 운동 각도가 줄어서 유연성이 떨어진다. 수술이 필요했지만, 칼을 잘못 대면 경주마로서 운동 능력이 치명적으로 떨어질 수 있기 때문에 휴식과 물리 치료로 진행 속도만 늦추었다. 17연승은 이런 악조건을 딛고 일궈낸 기적 같은 성과였다.

미스터파크는 2011년 12월 11일 그랑프리 경주에서 2위를 기록하며 연승 행진에 마침표를 찍었다. 데뷔전에서 3위를 한 이후 첫 번째 패배였다. 뼈아픈 패배였지만 미스터파크는 다시 재기했다. 두 달 동안 컨디션을 조절해 이듬해 2월 5일과 3월 25일 열린 경주에서 잇달아 우승하며 미스터파크의 시대가 저물지 않았음을 증명했다. 한 달에 두 번에서 세 번씩 출전하는 차밍걸과 달리 미스터파크는 한 달 반에서 두 달 가까이 신중하게 컨디션을 조절하고 대회에 출전해서 마주와 조교사의 기대에 부응하는 결과를 만들어냈다. 19승은 부산경마장의 최다승 타이기록이었다.

이 경기를 마친 후 미스터파크는 고질적인 다리 부상이 재발해 당분간 출전하지 못했다. 떨어진 뼛조각이 예민한 신경을 건드려 제대로 걸을 수조차 없는 상태였다. 휴식을 취하면서 수영 훈련을 하며 컨디션을 조절했다. 5월로 접어들면서 다리 통증이 줄어들자 6월 3일 경주 출전을 목표로 조금씩 지상 훈련의 강도를 높였다. 미스터파크는 걸을 때는 조금씩 다리를 절었지만, 막상 트랙에서 달리기 시작하면 언제 아팠냐는 듯 쾌속질주했다. 훈련을 마치고 샤워장에서 몸을 씻을 때 보면 미스터파크의 앞발이 퉁퉁 부어 있었다. 몸이 부서져라 뛴다는 건 바로 이런 것이다.

2012년 6월 3일. 미스터파크의 경주 날이 밝았다. 이 날이 미스터파크의 마지막 날이 될 것이라고 생각한 사람은 아무도 없었다. 국산 1군마들의 1,600미터 제5경주. 미스터파크는 3번 게이트에서 출발한다. 일찌감치 선두로 나설 수 있는 유리한 게이트다.

선두권에서 달리던 미스터파크는 곡선주로를 지나 직선주로가 시작되는 4코너로 막 진입하려는 순간 오른쪽 앞다리에 이상을 느꼈다. 인대가 파열된 것이다.

그대로 끝장일까.

하지만 믿기지 않는 장면이 이어졌다. 미스터파크는 발을 바꿔가면서 어떻게든 추월해나가는 경쟁마들을 따라잡기 위해 안간힘을 썼다. 그러나 통증은 점점 심해졌고, 미스터파크는 끝내 경주를 마치지 못했다. 구급차가 와서 쓰러진 미스터파크를 동물병원으로 긴급 이송했다.

진단 결과는 오른쪽 앞다리 인대 파열.

마주와 조교사, 수의사, 관리사 등이 모여 긴 시간 회의를 했지만, 사실상 결론은 이미 정해져 있었다. 경주마에게 인대 파열은 치료가 불가능한 부상이다. 어떻게든 살려내자는 마주를 수의사가 설득하는 회의였다. 고통을 조금이나마 빨리 멈추려면 안락사시키는 수밖에 없다.

경마장 한쪽에는 간판이 없는 육중한 콘크리트 건물이 있다. 경주마를 안락사시키고 화장하는 장소다. 마주의 요청으로 그의 유골은 그가 태어난 제주의 트리플목장에 뿌려졌다. 미스터파크는 불꽃처럼 짧고 화려하게 살다가 돌아올 수 없는 곳으로 영원히 떠났다. 2013년 부산 경마공원에 미스터파크의 동상이 세워졌다.

매 순간이 마지막인 것처럼 늘 죽을힘을 다해 달린 말. 불꽃처럼 타오르고, 한순간에 사라진 미스터파크를 보면 최영주 조교사의 말을 쉽게 이해할 수 있다.

"근성이 투철한 말은 경주마 생활을 오래 못합니다. 그래서 경마 선진국에서는 투지가 넘치는 말은 경주마 생활을 1~2년만 하게 하고 그 후에는 씨수말이나 씨암말로 돌리지요."

만약 미스터파크도 거세마가 아니었다면 15연승이나 17연승을 한 뒤에는 경주마에서 퇴역하고 씨수말로 새로운 생활을 했을 가능성이 크다.

그런 미스터파크와 비교하면 차밍걸은 참으로 느긋하기 짝이 없다. 최영주 조교사에게 차밍걸의 장점이 무엇이냐고 묻자 그는 이렇게 대답했다.

"차밍걸은 상대적으로 회복이 참 빨라요. 어떻게 보면 건강하다고 해야 할까요. 그게 큰 장점이죠. 그래서 오랫동안 경주마로 생활하고 뛸 수 있었지요."

도대체 이건 칭찬일까, 비아냥일까.

"경주를 뛴 다음 날이면 차밍걸은 곧장 기운을 차리고 활발하게 움직여요. 마체가 얇고 가벼워서 그런지 잔부상도 없었고요. 의료기록부를 보면 깨끗해요. 보통 경주마는 운동기 질병 때문에 그렇게 뛸 수가 없어요. 제 기억에 차밍걸은 심한 부상을 입은 적이 없어요."

학생으로 치면, 적당히 공부하고 시험을 망쳐도 언제 그랬냐는 듯 다시 기운을 내서 씩씩하게 활동하는 것과 비슷하지 않을까.

이 때문에 차밍걸이 주목받는 것을 삐딱하게 보는 시선 도 많았다. 경마를 잘 아는 사람일수록 그렇다. 미스터파 크를 비롯해 터프윈, 새강자, 신세대, 백광, 당대불패, 당 대제일 등 한국 경마를 수놓은 수많은 명마들이 아니라, 차밍걸처럼 보잘것없는 말이 사람들에게 더 큰 관심을 얻 고 언론에 노출되는 것을 이해하기 힘들었던 것이다.

프로야구에 비유하자면 미스터파크는 선동렬이나 최 동원 같은 걸출한 영웅이다. 반면 차밍걸은 약체의 대명 사인 삼미 슈퍼스타즈의 패전처리 전문 투수인 감사용 같은 존재다. 이를테면 선동렬이나 최동원보다 감사용이 더 유명해진 것이나 마찬가지다. 야구를 사랑하는 팬의 입장에서 보면 선동렬이나 최동원도 모르면서 감사용에 게만 열광하는 현상을 도저히 납득하기 어려울 것이다.

그럼 차밍걸에게 열광하는 건, 그저 일시적인 유행 같

은 것일까. 최다 연패 달성이라는, 목표라고 할 수도 없는 목표에 도전하는 우스꽝스러운 모습에 환호하는 한여름 밤의 꿈에 불과할까.

그저 뭘 잘 모르는 사람들이 차밍걸의 경주에 지나치게 의미를 부여하고 응원하는 것뿐일까.

갑자기 머릿속이 복잡해지고 불편해진다. 이건 다 미스터파크 때문이다. 너무 뛰어나게 잘난 존재. '엄친아' 같은 녀석. 옆에 있으면 모두 초라해질 수밖에 없는 슈퍼히어로.

그렇다면 미스터파크 같은 말만이 이 세상에 필요한 것일까. 미스터파크가 훌륭하다는 건 잘 알겠다. 그런데 미스터파크도 훌륭하고, 차밍걸도 훌륭해서는 안 되는 것일까.

미스터파크 같은 명마들이 초특급 대우를 받고 중요한 대회만 골라 출전해 명성을 쌓으면서 거액의 상금을 챙기는 동안, 차밍걸은 빨리빨리 회복해서, 빨리빨리 훈련받고, 빨리빨리 경주에 출전해 작은 수입이나마 자신의 밥값을 벌어들였다.

작은 체구로는 1등을 하기 힘들다는 것을 알면서도 2주에 한 번씩 꼬박꼬박 경주에 나서서 달리는 차밍걸은 정리해고 되어야 마땅한 존재일까.

이게 다 미스터파크 때문이다.

미스터파크도 훌륭하고,
차밍걸도 훌륭해서는 안 되는 것일까.

차밍걸이 다치지 않은 이유

서울경마공원에는 말들을 위한 병원이 있다. 1,500마리
의 말들이 있으니 병원이 없어서는 안 된다. 이곳에도 종
합병원 같은 개념의 큰 병원과, 개인 수의사가 운영하는
사설 동물병원이 있다. 간단한 진료는 사설 동물병원에
서 받고, 심한 부상을 입으면 한국마사회가 운영하는 큰
병원으로 가야 한다.

　서울경마공원 최고의 수의사인 말보건원 외과 담당 전
형선 차장은 차밍걸이 왜 잔부상이 없었는지 이야기해주

었다.

각막염, 각막염, 각막염, 담마진, 운동성 피로회복, 우후지 부종, 교돌상, 찰과상, 좌후 구절부 찰과상…… 차밍걸의 진료 차트 내역이다. 모두 마방에서 가벼운 처치를 받은 정도였다. 원내 치료를 받은 적은 한 번도 없다. 병원에 가지 않고 약국에서 약만 지어 먹어도 거뜬히 나았다는 얘기다.

경주마의 80퍼센트는 1년 내에 치료를 받고, 2년이 지나면 100퍼센트 치료를 받는다. 여기서 말하는 치료란, 영양제를 맞는 정도가 아니라 운동기 질환을 앓는 것을 말한다. 전형선 차장은 경주마에게 운동기 질환은 피할 수 없는 운명이라고 단언한다. 물론 차밍걸도 운동기 질환을 앓기는 했지만 큰 병은 아니었다.

말이 뛸 때 발굽에는 순간적으로 체중의 7배의 무게가 실린다. 보통 경주마가 500킬로그램이니 3.5톤 정도의 힘을 받아내는 것이다. 그런데 승부욕이 강한 말들은 더 빨리 달리기 위해 급작스럽게 자세에 변화를 주곤 한다. 그러면 순간적으로 불균형이 발생하면서 부상을 당할 가능성이 높아진다. 특히 곡선주로로 진입하거나 직선주로로 빠져나오면서 방향을 전환할 때 충격이 심하다.

17연승을 기록하고 부상으로 쓰러진 미스터파크도 곡선주로인 3코너를 돌고 4코너 직선주로로 진입하던 순간에 다리를 다쳤다. 승부욕이 강한 말은 순간적으로 균형이 깨질 만큼 강한 압력을 관절에 싣게 되고, 이것이 부상으로 연결된다.

그렇다면 차밍걸이 부상이 적은 것은 근성이 부족해서일까.

그는 두 가지 이유를 들었다. 우선 차밍걸은 체중이 가볍기 때문에 관절에 실리는 힘이 적어서 상대적으로 유리했다는 것이다. 또 한 가지는 훈련 형태. 차밍걸은 4주에 한 번이 아니라 2주에 한 번씩 출전했기 때문에 고강도 훈련 시간이 짧았다. 이 역시 부상을 줄이는 데 도움을 주었을 것이다.

차밍걸은 매우 영리하게 자신의 몸을 조절했다. 체구가 작다는 것은 차밍걸의 결정적인 약점이었지만, 큰 부상을 피할 수 있었다는 점에서는 장점으로 작용했다. 차밍걸은 경주를 중간에 포기하지는 않았지만, 절대로 자신의 한계를 넘을 정도로 무리를 하면서 레이스를 펼치지도 않았다. 그저 자신의 능력이 닿는 만큼 최선을 다했다. 실전 출전이 많았기 때문인지 훈련 때는 때때로 엄살을 피우기도 해서 훈련 강도도 상대적으로 약한 편이었다. 이것도 장기적으로는 차밍걸이 관절을 아껴가며 오랫동안 부상 없이 뛰는 데 도움이 됐다.

언제나 페이스를 지키고, 절대로 무리하지 않는 것.
2주에 한 번씩 경주에 나서는 타이트한 일정을 소화하면서도, 다치지 않고 경주마로 장수할 수 있었던 비결이다. 그 어떤 경주마에게도 2주에 한 번씩 경주에 나서면서 다리가 부러질 정도로 열심히, 101전까지 뛰기를 기대할 수는 없다.
미스터파크에게는 미스터파크의 길이 있고, 차밍걸에게는 차밍걸의 길이 있었던 셈이다.

그 어떤 경주마에게도
2주에 한 번씩 경주에 나서면서 다리가 부러질 정도로 열심히,
101전까지 뛰기를 기대할 수는 없다.

무한 경쟁 속에서

지금 우리는 무한 경쟁 사회에 살고 있다. 숨 막히는 경쟁 속에서 마지막 땀 한 방울까지 쥐어짜내야만 박수를 받는다.

물론 열심히 사는 건 아름다운 일이다. 그런데 잠시 멈춰서 생각해보자.

그래서 우리는 행복해졌을까. 발바닥에 불이 나게 뛰어서 정말 행복해졌을까.

미스터파크는 위대했다. 차밍걸은 평범했다.

미스터파크는 혈통이 우수하다. 차밍걸은 별 볼일 없는 혈통이다.

미스터파크는 스물두 번 경주에 출전해 열아홉 번 우승했다. 차밍걸은 101번 경주를 뛰어 단 한 번도 우승을 거두지 못했다. 간신히 3위만 여덟 번 했다.

미스터파크는 한 달 반에서 두 달에 한 번씩 골라서 경주에 나갔다. 차밍걸은 닥치는 대로 경주를 뛰었다.

가끔씩 경기에 나서는 미스터파크는 그때마다 몸이 부서져라 혼신의 힘을 다해 뛰었다. 2주에 한 번씩 경주에 나서야 했던 차밍걸은 자신의 페이스를 지키며 결승선까지 최선을 다해 뛰었다. 비록 1등은 한 번도 못했지만 꼴찌로 밀리는 일도 거의 없었다.

미스터파크는 마주에게 큰돈을 벌어주었다. 차밍걸은 마주에게 최소한 손해를 끼치지는 않았다(사실 경주마가 마주에게 손해를 끼치지 않는 것도 절대 쉬운 일이 아니다).

미스터파크는 마지막 경주에서 인대가 끊어졌다. 차밍걸은 101전을 마친 후에도 아픈 곳이 없었다.

미스터파크는 영웅적으로 죽었고 전설이 됐다. 차밍걸은 경주마에서 은퇴했지만 여전히 살아 있다.

미스터파크가 보여준 역주에는 가슴을 뭉클하게 하는 감동이 있었다. 승리라는 목표를 향해 아낌없이 자신을 불살랐던 미스터파크. 그러나 세상에는 영웅만 있는 게 아니다.

팬들이 차밍걸에 주목한 것은 그에게서 '위대한 보통 사람'의 모습을 발견했기 때문이다.

미스터파크는 체격이 좋다. 차밍걸은 왜소하다.

미스터파크가 열 걸음 달릴 때 차밍걸은 열한 걸음을 뛰어야 따라갈 수 있다.

미스터파크는 폐활량도 크다. 차밍걸은 미스터파크에 비하면 쉽게 지친다.

차밍걸을 향해 '넌 왜 미스터파크처럼 뛰지 못하느냐' 고 일방적으로 질타할 수 없는 까닭이다. 차밍걸이 미스터파크에 비해 열심히 뛰지 않았다고 매도할 수 없는 이유이다.

대신 미스터파크가 6~8주에 한 번 경기에 나설 때, 차밍걸은 2주에 한 번씩 주로에 섰다.

능력이 뛰어난 미스터파크는 한 번에 거액의 상금을 움켜쥐었지만, 차밍걸은 자주 경주에 나서서 출전 장려금을 받아 제 밥값을 채웠다.

어떤 말이 1위로 들어오는지에만 관심 있던 사람들의 눈에, 어느 순간 차밍걸도 보이기 시작했다.

능력은 부족하지만 다른 말의 두 배로 꾸준히 뛰는 말.

체격도 작으면서 경주 끝까지 페이스를 잃지 않고 꼴찌만은 면하기 위해 끙끙대며 뛰는 말.

그러면서도 용케 다치지 않고 101번이나 달려낸 말.

그래서 끝끝내 살아남은 말.

왠지 모르게 마음이 가는 말, 응원하게 되는 말, 차밍걸.

차밍걸처럼 타고난 조건이 훌륭하지도 않고 남들을 넘어서는 뛰어난 능력도 없는, 그래서 이 세상의 험난한 생존 경쟁 속에서 아무리 애써도 1등을 할 수 없었던 평범한 사람들은 차밍걸의 역주에서 자신의 모습을 발견하고 열렬히 응원하게 되었다.

차밍걸이 열심히 달린다면 나도 계속 달릴 수 있다고.

어떤 말이 1위로 들어오는지에만 관심 있던 사람들의 눈에,
어느 순간 차밍걸도 보이기 시작했다.

●　　●　●●●

4장

우리가 계속
달리는 이유

세 사람

최영주 조교사를 만나기 전에 내가 오해했던 점이 있었
다. '최영주 조교사는 오로지 상금에 대한 욕심 때문에 차
밍걸의 은퇴를 권했던 계산적인 사람일 것'이라는 생각이
었다. 현실은 짐작과는 다를 때가 많다. 물론 그가 몇 년
전부터 변영남 마주에게 "이제는 차밍걸이 경주마로서는
할 만큼 다했다"고 은퇴를 권했던 것은 사실이다. 하지만
그가 아니었다면 차밍걸은 절대로 그토록 오래 달릴 수
없었을 것이다.

변영남 마주는 차밍걸 때문에 손해를 보지는 않았다. 오히려 경제적 득실만 따지자면 차밍걸로 인해 가장 큰 비용을 치른 사람은 최영주 조교사일 것이다.

서울경마공원의 조교사들은 각각 30칸 안팎의 마방을 배정받는다. 조교사의 성적은 얼마나 많은 승리를 거뒀느냐로 결정된다. 소위 능력 있는 조교사들은, 30칸의 마방에 약 50마리의 경주마를 돌려가며 키운다. 경주를 앞둔 말만 직접 관리하고, 경주를 뛴 후 쉬는 말은 외부 휴양지로 보내 마방을 최대한 효율적으로 활용한다. 마방의 회전률을 높이는 것이다.

이런 마방에서는 차밍걸처럼 부진한 말을 오랫동안 데리고 있을 여유가 없다. 그러지 않아도 마방이 모자란데 마방 한 칸을 별 성과가 나지 않는 말에게 배정할 이유가 없기 때문이다.

최영주 조교사는 28칸의 마방을 배정받았지만, 26마리의 경주마만 관리해왔다. 그나마 차밍걸이 숨 쉴 만한 여건이 되었던 셈이다. 그렇다고 해도 조교사의 입장에서는 마방을 최대한 성적이 좋은 말들로 채워야 한다. 그런 면에서 차밍걸은 마방 운영에 별 도움이 되지 않는 말이다. 하루라도 빨리 차밍걸을 내보내고, 그 자리에 가능성 있는 신예마를 들여서 관리하고 정성을 쏟는다면 더 많은 수입을 올릴 수 있다. 그러나 변영남 마주는 은퇴 권유를 받아들이지 않았고, 최영주 조교사 역시 강하게 밀어붙이지 않았다.

차밍걸을 다치지 않게 돌보고 경주를 뛰게 하면서 누구보다 큰 희생을 했지만 그는 자신의 공은 별로 내세우지 않았다.

"차밍걸이 계속 지기만 하는 게 조교사로서 영광스러운 일은 아니잖아요. 미스터파크처럼 17연승을 했다든가, 대상경주에서 3연패를 한 말의 조교사라면 저도 더 당당할 수 있겠지요. 하지만 차밍걸의 연패 기록은 좋은 기록이 아니니까요. 인터뷰 요청이 오면 민망하기도 하고 겸연쩍기도 하죠."

조교사는 매년 한국마사회로부터 평가를 받는다. 냉혹한 승부의 세계답게 한 치의 오차도 없는 숫자로 성적이 매겨진다. 1위와 2위 기록의 비율이 가장 중요한 평가 대

상이다. 평균을 깎는 말을 군말 없이 관리한 최영주 조교
사가 아니었다면 차밍걸은 존재할 수 없었다.

그러고 보면, 우승할 가능성이 없는 차밍걸을 계속 달
리게 한 변영남 마주도 독특한 사람이다. 치과의사인 그
는 일흔이 넘었지만 서울 근교에서 아직도 진료를 하고
있다. 그는 경마장에 그렇게 자주 나오는 편은 아니다.
주말에는 한 달에 한 번 진료 봉사활동을 하고 있다.

2012년부터 최영주 조교사가 차밍걸의 은퇴를 권했지
만, 그는 단지 성적을 못 낸다고 해서 성실하게 뛰는 차
밍걸을 차마 내쫓을 수는 없다면서 조금만 더 두고 보자
고 결정을 미뤄왔다.

"차밍걸의 도전이 아름다우니 조금 더 해보자고 설득
했지요. 만약에 차밍걸이 너무 힘들어하는 기색이 보이
면 얘기해달라고도 했고요. 사실 조교사에게 크게 도움
을 못 줘서 미안하지요. 조교사에게 정 부담스러우면 차
밍걸의 마방을 옮기겠다는 이야기도 했어요. 그러면 또
옮기라고는 하지 않더군요. 그렇게 해서 시간을 끌게 됐

지요. 한 1~2년 전부터는 그런 일이 반복된 셈이에요."

그가 차밍걸을 믿고 기회를 준 것은 차밍걸 스스로도 열심히 달렸기 때문이다. 처음에는 그저 아담하고 예쁜 말이구나 싶어서 '차밍걸'이라는 이름을 붙여주었다. 경주에서 눈에 띄게 좋은 성적을 거두진 못했지만 자그마한 녀석이 애를 쓰며 뛰는 모습을 보면 왠지 모르게 마음이 쓰였다. 그렇게 몇 년을 지켜보다 보니, 어느덧 차밍걸은 함께 경주하는 말들 중에서 가장 나이가 많은 말이 되었고 출전 경력도 100전 가까이 쌓이고 있었다. 그럼에도 차밍걸은 늘 한결같이 최선을 다해 뛰었고, 그런 차밍걸을 보며 그는 자신이 오히려 차밍걸에게서 인생을 배우고, 삶의 희망을 보고 있다는 느낌이 들었다. 그는 누가 뭐라고 해도 조기 퇴출은 생각할 수 없었다. 이왕이면 100전을 채우고 기록을 달성하길 바란 것은, 열심히 달린 차밍걸에게 의미 있는 기록을 남겨주고 싶었기 때문이다. 그에게 차밍걸은 늘 '아픈 손가락'이었다.

차밍걸은 그런 그에게 효녀 노릇을 톡톡히 하기도 했다.

"아내와 가족들은 내가 경마를 즐기는 것에 별 관심

이 없어요. 아내는 계속 손해만 보는데 도대체 왜 마주를 하냐고 빨리 정리하라고 했지요. 그런데 차밍걸이 화제가 된 다음부터는 가족들도 함께 좋아하게 됐어요. 아들로부터 '존경한다'는 말도 들었으니 차밍걸에게 얼마나 고마운지 모릅니다. 손자들도 나더러 대단하다고 하고요."

그는 차밍걸에 대해 이야기하면서 초등학교 시절의 한 친구에 대한 추억을 끄집어냈다.

"초등학교 4학년 때 친구가 있었어요. 키도 작고 못났던 친구였지요. 여름이면 눈병이 나고, 옴이 유행하면 옴이 올라서 다녔어요. 우리 이웃집에 살았는데 계모 밑에서 맞으면서 자랐어요. 학교에 가면 친구들한테 구박도 많이 받았지요. 친구들이 나한테 그 친구하고는 놀지 말라고 했어요. 하지만 그 친구는 나만 의지했어요. 차밍걸을 보면서 그 친구가 많이 생각났어요. 지금은 어디서 어떻게 사는지 모르지만 차밍걸을 보면 그 친구가 떠올라요."

마주인 그에게 금전적으로 가장 큰 이익을 안긴 경주

마는 '장축'이다. 45번 경주에 출전해 1등을 13번이나 했다. 상금도 꽤 많이 벌어주었다. 하지만 그에게 가장 뜻 깊은 말은 역시 묵묵히 밥값을 하면서 끝까지 열심히 달려준 차밍걸이다.

그리고 또 한 사람. 유미라 기수가 아니었다면 차밍걸은 그렇게 오래 뛸 수 없었을 것이다. 차밍걸처럼 부진한 말은 기수들이 타고 싶어 하지 않는다. 유미라 기수는 데뷔하기 전부터 차밍걸과 인연이 있었기 때문에 계속 타게 된 것이다. 차밍걸은 거의 유미라 기수의 전용마라고 할 수 있다. 만일 유미라 기수가 승승장구했다면 그녀도 얼마 후에는 차밍걸을 타지 않게 되었을 것이다. 프리랜서 기수들은 차밍걸을 타려고 하지 않았으니, 유미라 기수가 아니었더라면 차밍걸의 은퇴는 훨씬 더 앞당겨졌을지도 모른다.

돌이켜보면 모두 특별한 인연이 아닐 수 없다.
주말이면 경마장보다 봉사활동을 더 자주 가는 마주,

번번이 마주의 설득에 넘어가 별 볼일 없는 경주마에게 마방 한 칸을 내준 조교사, 똥말이든 아니든 가리지 않고 기회가 생기는 대로 열심히 고삐를 잡고 채찍을 휘두른 기수.

생존 경쟁이 치열한 경마의 세계에서 차밍걸이 101번이나 뛸 수 있었던 것은 이 세 사람이 있었기 때문이다.

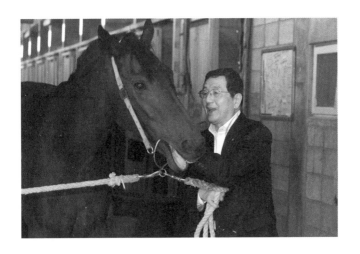

"사실 부인과 가족들은 내가 경마를 즐기는 것에 별 관심이 없어요.
부인은 계속 손해만 보는데 도대체 왜 마주를 하냐고 빨리 정리하라고 했지요.
하지만 차밍걸이 화제가 된 다음부터는 가족들도 함께 좋아하게 됐어요.
아들로부터 '존경한다'는 말도 들었으니 차밍걸에게 얼마나 고마운지 모릅니다.
손자들도 날 보고 대단하다고 하고요."

1등보다 중요한 것

'소리 없이 강한 그대 이름은 차밍걸'
'모두가 응원합니다! 슈퍼스타 차밍걸!'

어느 날부턴가 차밍걸이 출전하는 날이면 예시장에 차밍걸을 응원하는 플래카드를 든 팬들이 눈에 띄었다. 예시장은 레이스를 앞둔 경주마들을 팬들에게 선보이는 장소다. 경마 팬들은 원형 무대를 도는 경주마의 모습과 걸음걸이를 지켜보면서 오늘은 어떤 말이 잘 달릴지 예상

해본다. 자신이 좋아하는 말을 가까이에서 보면서 응원하기도 한다.

'똥말은 똥말일 뿐이니 이제 그만 퇴출시키'라고 비아냥거리는 사람들 틈에서 그들은 소액이라도 베팅하면서 마음속으로 차밍걸을 응원했다. 물론 차밍걸이 당나루를 넘어 새로운 연패 기록을 달성해내기를 응원한 것은 아니다. 단 한 번이라도 우승해주기를, 그래서 연패 기록을 멈추기를, 타고난 조건이 조금 부족하더라도 한 번쯤은 기적을 보여줄 수 있다는 것을 몸으로 증명해내기를 바란 것이다.

차밍걸의 팬 최영일 씨도 그랬다. 그는 차밍걸의 경기가 있는 날이면 카메라를 챙겨 경마장을 찾았다.

대학에서 식품공학을 전공한 그는 졸업 후 뉴코아백화점에 입사했다. 그런데 곧이어 IMF가 덮쳤고 회사는 법정 관리 체제로 바뀌었다. 2년 후 그는 진급 심사 때 동기들 가운데 혼자서 진급했다. 법정 관리 체제 내에서도 치열한 내부 경쟁과 인사 평가는 계속됐던 것이다. 그런데 혼자서 진급하고 나니 동기들과의 관계가 서먹해졌다. 그런 상황이 견디기 힘들었던 그는 스카우트 제의를 받고 회사를 옮겼다. 그는 남들보다 앞서나가지 않으면 직성이 풀리지 않는 미스터파크 같은 사람은 아니었던 것 같다.

"직장을 옮기고 7~8년 동안은 돈을 많이 벌었어요. 건축회사여서 오가는 돈의 단위가 크더군요. 하지만 2008년 리만 브라더스 쇼크로 경기가 어려워진 뒤에 회사에서 그만두라는 이야기를 들었어요. 5~6년간 끊었던 담배를 다시 피울 정도로 충격이 컸죠. 딸애가 두 살밖에 안됐을 때인데 어떻게 해야 하나 앞이 캄캄했어요. 명예퇴직이라도 해야 얼마라도 더 받을 것 같아서 결국 사표를 썼어요."

그는 지금 수원에서 작은 편의점을 운영하고 있다. 중학교 앞이라 등하교 시간에 조금 바쁜 편이다. '김정은도 무서워한다는 중2'와 매일 아침 싸우고 있다면서 웃는다.

주중에는 꼬박 편의점 일에 매달리는 그는 주말에는 아르바이트생에게 가게를 맡기고 경마장을 찾는 것으로 자신의 취미를 즐긴다. 그도 처음부터 차밍걸을 눈여겨 봤던 건 아니었다. 계속 지는데도 다른 말보다 자주 경주에 나서고, 이쯤 하다 말겠지 싶은데도 은퇴하지 않는 것이 신기해서 어느 날부턴가 눈길이 갔다.

"요즘 시대는 살아가면서 웃는 일이 점점 줄어드는 시대잖아요. 그럴 때마다 저는 차밍걸을 보면서 용기를 얻었어요. 소위 1등 인생들에게 차밍걸은 뭘 해도 안 되는, 그저 그런 꼴찌말이겠지요. 하지만 차밍걸은 꼴찌를 한 적은 거의 없어요. 그냥 평범하게, 너무 평범하게 살아왔을 뿐이에요. 세상에는 1등보다 더 중요한 게 있습니다. 차밍걸은 비록 1등은 못하더라도 늘 최선을 다해 경주를 뛰었어요. 꼴찌 아닌 꼴찌 차밍걸처럼 우리도 용기를 잃지 않고 계속 달리다 보면 좋은 날이 있지 않을까요?"

차밍걸이 부상 없이 오랫동안 뛸 수 있었던 건 근성이 부족해서가 아니냐는 말에 그는 서운한 기색을 보였다.

"저는 100미터를 18초에 뛰어요. 남들이 보면 걸어가는 것처럼 보일 수도 있겠죠. 그렇지만 저로서는 최선을 다하는 겁니다. 글쎄요. 차밍걸이 최선을 다하는 건지 아닌지는 누구도 알 수 없겠죠. 하지만 차밍걸을 보면서 제가 하고 싶은 이야기는, 할 수 있는 한 최선을 다하자는 것입니다."

몸집도 작은 차밍걸이 덩치 큰 말들 틈에서 죽을힘을 다해 뛰는 모습을 안타까운 마음으로 지켜보면서 응원했던 그로서는 인정하고 싶지 않은 말이었을 것이다.

인정 없고 삭막한 세상은 소시민들을 향해서도 이렇게 비아냥대곤 한다. 당신의 삶이 고단한 건, 당신이 그동안 최선을 다해서 열심히 살지 않았기 때문이라고. 정말 죽을힘을 다해 열심히 살아본 적이 있기는 하느냐고.

차밍걸은 얼마나 더 열심히 달려야 모두에게서 열심히 달렸다고 인정받을 수 있을까.

우리들은 얼마나 열심히 살아야, 정말로 열심히 살았다는 이야기를 들을 수 있을까.

단 한 번이라도 우승해주기를,
그래서 연패 기록을 멈추기를,
한 번쯤은 기적을 보여줄 수 있다는 것을
몸으로 증명해내기를 바란 것이다.

마지막 경주

2013년 9월 28일, 서울경마공원 제10경주. 차밍걸의
101번째 경주이자 은퇴 경주.

　작전은 간단하다.

　'마지막 경주. 절대로 다치지 말 것.'

　단 한 번도 1등을 하지 못해 유명해진 차밍걸이 마지막
인 101번째 경주에서 기적적으로 우승 드라마를 보여주
길 기대하는 사람들도 있었다.

　그러나 최영주 조교사의 바람은 다르다. 경주 중에

다치면 십중팔구 안락사 처리되기 때문에 오로지 무사히 경주를 마치는 것이 목표다. 지금껏 우승은 못했지만 100번이나 열심히 달려온 차밍걸이 그저 건강한 몸으로 주로를 떠나길 바라는 것이다. 덧붙여 마지막 경주이니 제발 꼴찌만은 하지 않기를 바랄 뿐.

마필관리사의 인도를 받으며 차밍걸이 예시장에 등장했다.

'위대한 똥말 차밍걸 파이팅!'

예시장 주변에 차밍걸의 몇몇 팬들이 색색깔로 응원 문구를 새겨 넣은 도화지를 들고 서 있다. 그래 봐야 차밍걸을 응원하는 사람은 전체 경마장에서 극히 일부에 불과하다.

"차밍걸이 뭐야? 저 말 알아?"

"오늘이 101번째 경주인데 한 번도 우승을 못했다고? 그럼 똥말이네. 하하하."

"그런데 어떻게 지금까지 달렸지?"

"큭큭, 참 재밌는 놈이네."

"그런데 왜 저런 말을 은퇴식까지 해주는 거지?"

손에 마권을 쥐고 있는 이들의 관심은 차밍걸의 은퇴가 아니라 오로지 자신이 산 마권이 적중할 것인가에 쏠려 있다. 그들에게 차밍걸은 오늘로 경주마에서 퇴역하는 그저 그런 똥말일 뿐이다.

유미라 기수는 차밍걸과 5년이라는 세월을 함께했지만 이상하게도 마지막 경주라는 게 별로 실감나지 않는다. 평소처럼 '오늘도 무사히'를 마음속으로 되뇌며 레이스를 준비한다. 고글을 눌러쓰고, 얼굴보호대를 내리며 숨을 고른다. 경기 전 잡념은 금물.

14마리의 말이 순서대로 출발대에 들어섰다.

─탕!

게이트가 열리고, 말들이 질주하기 시작했다.

이번에도 차밍걸은, 차밍걸다웠다.

차밍걸은 온 힘을 다해 달렸고, 사람들은 환호했다.

하지만 늘 그렇듯, 그 환호는 차밍걸을 향한 것이 아니었다.

차밍걸은 1,800미터를 달리는 내내 중하위권에 머물러 있었다. 이제 차밍걸도 기력이 다했는지 한 번도 선두로 치고 나가지 못한 채 결승선이 가까워졌다. 이번에도 어김없이 순위를 알리는 전광판에는 차밍걸의 이름이 없다. 2분 3초 4. 열네 마리 중에서 12위. 차밍걸의 마지막 성적이다.

마지막 경주는 차밍걸의 전체 성적을 완벽하게 축약해서 보여주는 듯했다. 좀처럼 포기하지 않고 일정한 페이스를 유지하며 끝까지 달려 어지간해서는 꼴찌를 하지 않는 특유의 레이스 전개도 마찬가지였다.

가톨릭 신자인 변영남 마주는 묵주를 매만지며 차밍걸의 마지막 질주를 지켜봤다. 경기장에 자주 나오지 않는 그도 오늘은 차밍걸의 마지막 경주를 보기 위해 오랜만에 나왔다. 오늘 경주가 끝나면 차밍걸은 더 이상 그의 말이 아니다. 차밍걸을 바라보는 그의 눈빛은 영락없이 딸을 시집보내는 아버지의 눈빛이다.

'잘 달려주었어.'

차밍걸과 함께했던 이들, 또 응원했던 팬들 모두가 차밍걸에게 대견해하는 눈빛을 보낸다.

마침내 길고 길었던, 101번의 경주가 끝났다. 이제 차밍걸에게 숨 막히는 레이스는 더 이상 없을 것이다. 그동안 힘들었을까? 녀석으로서는 힘겨운 순간이 수도 없이 많았겠지만, 그 누구의 기억 속에서도 차밍걸은 그런 내색을 한 적이 없었다.

경기가 끝나고 차밍걸의 은퇴식이 열렸다.

차밍걸의 목에 꽃을 걸어주고 기자들이 줄지어 사진도 찍었다. 차밍걸은 지금이 어떤 순간인지 아는 것처럼 제법 의젓하게 움직였다. 차밍걸과 함께 가장 많은 경기를 뛰었던 유미라 기수의 눈이 조금씩 촉촉해졌다. 인터뷰를 요청하는 마이크에 차밍걸과 함께한 순간을 이야기하려고 말문을 여는 순간 여러 감정이 북받친 그녀는 참아왔던 눈물을 쏟았다. 그녀는 흐르는 눈물을 좀처럼 주체하지 못했다.

2005년 제주도 한 목장에서 태어난 차밍걸이 처음으로 이 세상에서 주인공이 된 자리였다. 최다 연패 기록이지만, 101전이나 뛴 것은 아무 말이나 해낼 수 있는 일이 아니다. 101번의 실패 속에서도 포기하지 않고 달리고 또 달린 차밍걸은, 1등이 아니더라도 세상에 감동을 줄 수 있다는 것을 보여줬다. 미스터파크보다 빨리 달리지는 못했지만, 그 어떤 경주마보다 더 유명해졌다. 차밍걸의 101패는, 다시 말하면 '101번의 도전'이었다.

　　혹독한 경쟁 사회는 1등만이 가치 있다고 엄포를 놓는다. 경마의 세계는 그런 경쟁의 극한이다. 오로지 1등만이 승리로 카운트되고, 2등부터는 가차 없이 패배로 기록된다. 차밍걸은 3등을 한 적도 여러 번 있지만 '101전 101패'가 공식 기록이다.

　　이착, 삼착, 사착, 오착쯤으로 밀려나면 인생이 끝난 것이라고 생각하는 사람들에게, 포기하지 않고 달리는 차밍걸의 질주는 백 마디 말보다 큰 위로가 되어주었다. 1등이 아니어도 계속 달리는 것이 의미 있고, 그런 삶도 충분히 살아갈 가치가 있다는 것을 차밍걸은 101번의 경주를 통해 스스로 증명해냈다. 주어진 삶을 피하지 않고 자기만의 방식으로 대면하면, 당당한 승자가 될 수 있다는 것을 차밍걸은 보여주었다.

차밍걸이 기록한 101번의 경주는 1등만 기억하는 세상에 던진, 조용하지만 의미 있는 울림이었다.

101번의
아름다운
도전

차밍걸은 온 힘을 다해 달렸고, 사람들은 환호했다.
하지만 늘 그렇듯, 그 환호는 차밍걸을 향한 것이 아니었다.

하루우라라

일본에는 '하루우라라ハルウララ'라는 말이 있다. 차밍걸과 아주 비슷한 경주마다. 113번 뛰어 한 번도 우승하지 못하고 2004년 은퇴했으니, 차밍걸보다 한 수 위라고 해야 할까.

데뷔전 때 체중이 397킬로그램. 체구가 작은 것도 차밍걸과 같다. 성적이 부진했지만 마주는 포기하지 않고 출주시켰고, 월 평균 2회꼴로 꾸준하게 레이스를 벌인 것도 차밍걸과 같다. 말굽 부상으로 딱 한 번 경기를 포기한 것 빼놓고는 꾸준히 경기에 임했다.

'하루우라라'라는 이름은 NHK 드라마의 주인공 '텐우라라天うらら'에서 따왔다. 하루우라라의 이름을 한자로 풀이하자면 '화려한 봄날春麗'이라고 해석할 수 있다. 매력적인 소녀라는 의미의 차밍걸. 둘 다 냉혹한 승부의 세계와는 어울리지 않는 이름을 가진 것도 공통점이다.

차밍걸에게 팬이 있는 것처럼 하루우라라를 응원하는 사람도 많았다.

우승은 못해도 열심히 끝까지 달리는 말. 경주 도중 한 번은 반드시 전력을 다해 치고 나가는 모습. 1등을 못할 것 같아도 결승선까지 포기하지 않고 달리는 투혼. 열심히 살지만 뭔가 잘 풀리지 않는 서민들에게 위안과 위로를 준 것도 차밍걸과 하루우라라의 공통점이다.

하루우라라에 대한 일본인들의 관심은 상상을 초월할 정도였다. 차밍걸도 방송과 신문에 소개되면서 다소 유명해지기는 했지만 하루우라라에 비할 바는 아니다. 하루우라라는 일본 사회 전체에 하나의 신드롬을 일으켰다.

당시 일본은 10년 넘게 계속된 장기 불황으로 깊은 침

체와 무력감에 가라앉아 있었다. 일본 사회 전체가 하루우라라의 신세와 다를 바 없었던 셈이다. 이런 상황에서 하루우라라는 '구조조정 시대에 대항하는 말'이라는 의미를 획득하며 시름에 빠져 있던 일본 국민들에게 색다른 희망의 증거가 됐다.

고이즈미 준이치로 당시 총리도 회의 중 경주 결과를 보고받고 "또 졌느냐"고 탄식했을 정도로 하루우라라의 경주 결과는 국민적 관심사가 됐다. 매번 지는 말을 보기 위해 일본에서도 작은 지방 경마장에 불과한 도사土佐 현의 고치高知경마장에 물밀 듯 관중들이 찾아왔다. 하루우라라를 캐릭터로 한 인형과 열쇠고리까지 등장해 불티나게 팔렸다.

'당첨되지 않은 하루우라라의 마권을 지니고 있으면 정리해고 대상에서도 당첨되지 않는다', '교통 단속 대상에도 당첨되지 않는다', '수험생이 낙방자로 당첨되지 않는다'며 하루우라라의 당첨되기 힘든 마권에 베팅하는 팬도 많았다. 심지어 이런 이유 때문에 하루우라라의 갈기로 만든 부적이 나오기도 했다. 사진집, 캐릭터 인형, 〈하루우라라의 노래〉 CD 등도 날개 돋친 듯 팔렸다. 『달렸다, 졌다, 사랑받았다』 등 하루우라라의 이야기를 담은 책도 8종이나 나왔다. 도사 현에서 생산하는 쌀과 소주에까지 하루우라라의 이름을 붙이기도 했다.

그래서 차밍걸의 팬들 중에는 "일본에서는 차밍걸과 같은 말이 엄청난 인기를 끌었는데, 우리나라에서는 별로 관심이 없는 것 같다"고 푸념하는 이도 있었다. 하지만 이는 하나는 알고, 둘은 모르는 소리이다.

하루우라라는 마지막이 별로 좋지 못했다.

전국적으로 선풍적인 인기를 끌던 하루우라라는 2004년 3월에 마주가 바뀌고, 그로부터 6개월 뒤 갑자기 컨디션 조절을 이유로 수백 킬로미터나 떨어진 휴양 목장으로 거처를 옮기게 된다. 새 마주는 하루우라라가 고치경마장에서 제대로 관리를 받지 못해, 부상을 당할 위기에 처했기 때문에 목장을 옮겼다고 주장했다. 고치 현의 입장에서는 왠지 하루우라라를 빼앗긴 것 같았다.

2005년 1월 초 새로운 마주는 1월 중으로 하루우라라를 고치경마장으로 되돌려 보내고, 3월에는 은퇴 경주를 하겠다는 기자회견을 했다. 하지만 컨디션이 좋아지지 않는다면서 하루우라라를 고치경마장으로 돌려보내지 않았고, 끝내 은퇴 경주도 열리지 않았다. 2006년 10월 하루우라라의 경주마 등록이 말소됐다.

새 마주는 은퇴한 하루우라라를 본격적으로 이용하기 시작했다. 도쿄 인근 지바 현에 호스테라피(승마 치료) 시설을 세워 기념 파티를 열고, 은퇴 경주마를 승마 치료에 활용하는 법인을 설립하기에 나섰다. 하루우라라를 치료용 승용마로 전환하겠다는 계획도 밝혔다.

뇌병변을 겪는 아이들이 말을 타는 것은 신체 활동에도 큰 도움이 되고 정서적으로도 굉장한 자신감을 심어 준다. 재활 승마에 하루우라라를 활용하겠다는 것은 좋은 아이디어였다. 그런데 그런 프로그램으로 하루우라라를 직접 봤다는 사람들은 "그냥 하루우라라를 보고 만져 본 정도"라고 말했다. 재활 승용마로의 변신은 실패로 돌아갔다.

2009년 여름에는 하루우라라를 씨암말로 만들겠다는

프로젝트도 추진됐다. 교배할 말로는 일본 최고의 씨수 말인 '딥임팩트'가 거론됐다. 딥임팩트의 종자를 받기 위해서는 900만 엔의 교배료를 지불해야 했다. 하루우라라의 새 마주는 "개인적으로는 이 금액을 충당할 수 없다. 소액을 모금해서 하루우라라를 씨암말로 만드는 꿈을 이루고 싶다"고 했다. 하지만 그 이후에는 소식이 끊겼다. 지금은 하루우라라가 어디에 있는지 아는 사람이 없다. 심지어 하루우라라가 죽었는지 살았는지조차도 알 수 없다. 그토록 온 국민의 관심을 받던 경주마였는데 지금은 행방조차 모른다니. 참으로 비정하기 짝이 없는 일이다.

하루우라라가 왜 그런 최후를 맞게 됐는지 그 속사정까지는 자세히 알 수 없지만, 어느 날 갑자기 하루우라라가 누리게 된 폭풍 같은 인기가 몇몇 사람들의 욕심을 불러일으키고, 그것이 결국 하루우라라를 파국으로 몰고 간 것이 아닌가 짐작할 뿐이다. 마치 아주 평범하게 살다가 어느 날 갑자기 로또에 당첨된 이후 일상을 잃어버리고 파멸에 이르는 불행한 소시민을 보는 듯한 느낌이 들었다.

하루우라라가 도사 현의 고치경마장에서 팬들의 박수를 받으며 멋지게 은퇴 경주를 치렀다면 어땠을까. 그리고 경주마에서 은퇴한 다음에도 고치경마장의 상징으로 사랑받았다면 어땠을까.

차밍걸의 팬들 중에는
"일본에서는 차밍걸과 같은 말이 엄청난 인기를 끌었는데,
우리나라에서는 별로 관심이 없는 것 같다"고 푸념하는 이도 있었다.
하지만 이는 하나는 알고, 둘은 모르는 소리이다.

두 번째 삶

변영남 마주는 방송과 언론을 통해 차밍걸이 알려지는 것을 기뻐했다. 하지만 그에 도취되지는 않았다. 그는 차밍걸이 조금 유명해졌다고 해서 다른 방식으로 이용할 궁리를 하지 않았다. 다만 은퇴 이후에 차밍걸에게 어떤 삶을 열어줄 것인가를 진지하게 고민했다.

경주마에게는 그루핑grouping이라는 게 있다. 실력에 따라 분류를 하는 것이다. 국내산 경주마는 모두 최하위권인 6군에서 시작한다. 이후 경주를 거듭하면 성적에 따라 5군, 4군을 거쳐 1군까지 승군할 수 있다.

6군에서는 1위 상금이 1,650만 원이지만, 1군 경주의 우승 상금은 5,775만 원이다. 1군이 되면 우승 상금이 3억 원에 이르는 대상경주에 나설 기회도 생긴다. 1군 경주마는 두 달에 한 번만 뛰어도 우승만 하면, 차밍걸이 101번 뛰어서 번 상금을 한 번에 벌어들이는 셈이다.

차밍걸은 나중에 4군까지 올라갔지만 성적을 보면 5군이 한계가 아니었나 싶다. 차밍걸은 101번 경주 가운데 총 여덟 번 3위를 차지했다. 그중 6군일 때가 네 번, 5군에서도 네 번이다. 그리고 2011년 9월 4군으로 올라간 이후에는 단 한 번도 3위 이내에 입상하지 못했다.

냉정한 경쟁의 법칙이 적용됐다면 차밍걸은 이맘때쯤 은퇴했어야 한다. 최영주 조교사가 은퇴를 생각할 시점이라고 마주를 설득하기 시작한 것도 이때쯤이었다.

부상으로 안락사 처리되는 경우가 아니면 경주마는 은퇴 후 승용마가 되는 경우가 많다. 때로는 관광용 마차를 끄는 신세가 되기도 한다. 차밍걸 역시 이런 길로 갈 수도 있었지만, 변영남 마주는 차밍걸이 좀더 가치 있는 역할을 하길 바랐다.

한국마사회에서 전시용 말로 활용할 수도 있었다. 하지만 이마저도 일찌감치 고려 선상에서 제외됐다. 경마계 내부에는 의외로 차밍걸 같은 말을 굳이 기념할 필요가 있느냐는 완고한 의견을 가진 사람이 적지 않다. 이 때문에 차밍걸이 마지막 경기 후에 공식적으로 은퇴식을 하는 것에 대해서도 찬반이 엇갈렸다.

군용마로 활용하자는 의견도 있었다. 육군사관학교에 기증해 생도들의 교육용 군마가 되게 하는 것이다. 서민처럼 열심히 달렸던 경주마가 은퇴한 이후에 나라를 지키는 군마가 되는 것도 의미 있는 일일 것이다. 그러나 군마의 삶은 생각보다 고달프다. 군대는 전쟁을 대비해 끊임없이 훈련을 하는 곳이기 때문이다. "차밍걸이 은퇴한 이후에는 그래도 좀 편안하게 살았으면 좋겠다"는 게 변영남 마주의 바람이었다.

변영남 마주의 마음은 씨암말이 되게 하자는 의견에 가장 많이 기울었다. 차밍걸의 팬들과 언론 매체에서도 가장 관심을 기울였던 방향이다. 최고 레벨에 오른 경주마만이 씨암말이 되는 특권을 누리지만, 팬들은 "차밍걸은 잘 못 뛰었지만 자마까지 못 뛰라는 법은 없다. 훌륭한 씨수말을 만나서 그의 훌륭한 체격과 차밍걸의 성실함을 물려받은 자마가 태어나면 명마가 될 수 있다", "차밍걸은 우승을 한 번도 못했지만, 그의 자마가 우승하는 모습을 보고 싶다"는 의견을 쏟아냈다.

이에 제주도의 몇몇 경주마 생산 목장에서는 "한국마사회에서 메니피와 교배할 수 있는 특권만 준다면 차밍걸을 씨암말로 활용하겠다"고 적극적으로 제안했다. 메니피는 한국마사회가 소유한 씨수말로 한국 경주마의 혈통을 개선하기 위해 미국에서 들여온 말이다. 메니피와 교배하려면 약 800만 원의 비용을 치러야 한다. 지금까지 300여 마리의 자마를 생산했고, 그의 혈통을 이어받은 말들이 벌어들인 상금은 무려 180억 원을 넘는다. 한국 경마에 뚜렷한 족적을 남긴 씨수말이다.

하지만 씨암말은 겉으로 보기에 화려해 보일 뿐 경주를 뛰는 것 못지않게 치열한 경쟁을 치러야 한다. 오히려 차밍걸의 체격 조건과 씨수말의 괴팍한 성격을 물려받은 말이 태어난다면 팬들을 더 실망시킬 수도 있다. 경마는 '확률 게임'이고 차밍걸의 자마는 좋은 성적을 내지 못할 가능성이 더 큰 게 사실이다.

고민에 고민을 거듭하던 중 변영남 마주에게 한 통의 전화가 걸려왔다. 경기도 화성에 위치한 경주마 휴양전 문목장인 궁평목장의 류태정 대표였다.

"차밍걸이 은퇴한 이후에는
그래도 좀 편안하게 살았으면 좋겠다"는 게
변영남 마주의 바람이었다.

새 출발

경기도 화성 궁평항. 서울에서 차로 한 시간 반 거리다.
낙조가 유명하고, 서해안의 갯벌은 석화, 조개 등 맛있는
해산물을 쏟아낸다. 해송과 야트막한 산, 바다와 갯벌,
볼거리와 먹거리가 풍부한 지역이다.

궁평항에서 차로 약 5분 거리에 궁평 승마캠프가 있다.
경주마에서 은퇴한 차밍걸은 지금 이곳에서 '장애물 비월
마'로 새로운 삶을 살아가고 있다.

이곳에서 마침내 나는 가까이서 차밍걸을 만나게 되었다. 어떤 녀석일까 내심 조금은 기대가 되었다.

들은 대로 차밍걸은 왜소하지만 날렵한, 외모가 수려한 말이었다. 어깨 폭이 좁아서 호리호리하고 늘씬한 몸매. 앞에서 봐도, 옆에서 봐도, 또 뒤에서 바라봐도 비례가 잘 맞는 예쁜 말이었다. 체중이 적고 균형이 잘 잡혔기 때문에 부상당하지 않고 오래 뛸 수 있었다는 말이 단번에 이해되었다. 차밍걸을 바라보고 있자니 차밍걸의 외모에서 가장 매력적인 부분은 역시 눈이라는 생각이 들었다. 대부분의 말이 크고 맑은 눈을 지녔지만, 차밍걸의 눈은 특히 아름답고 순하다. 물기가 어린, 예쁘고 착한 눈. '야생마로 살았다면, 제일 힘센 수말로부터 가장 사랑받는 암말이지 않았을까' 하는 생각이 들기도 했다. '이름처럼 이렇게 마냥 소녀 같은 녀석이 그토록 거친 경주에서 덩치 큰 녀석들과 어깨를 나란히 하고 숨 막히게 달려냈구나, 그것도 101번이나……' 하는 생각이 들자 짠한 마음이 들었다.

"차밍걸을 보면 마치 젊은 시절의 나를 보는 것 같아요. 1995년 경주마 사업에 뛰어든 후 너무 힘들어 간신히 버텼던 시절이 떠올랐어요. 차밍걸이 은퇴 후 갈 곳이 마땅치 않다는 소식을 듣고 내가 맡아야겠다는 생각이 들었지요. 저는 말을 키워서 먹고사는 사람입니다. 차밍걸은 많은 사람에게 희망을 준 말이에요. 말로 먹고사는 사람들 중 누군가가 차밍걸이 멋진 도전을 계속할 수 있도록 만들어줘야 해요. 그 일을 제가 하고 싶었습니다."

류태정 대표의 목표는 차밍걸을 일반인이 타는 승용마가 아니라, 엘리트 승마 선수가 타는 장애물 비월용 말로 키우는 것이다.

"수학은 못해도 음악이나 미술은 잘할 수 있는 것 아닙니까. 차밍걸이 경주마로는 뛰어나지 못했지만 다른 것을 잘할 수도 있지요. 그걸 찾아주고 싶어요."

그는 한때 경주마를 생산하는 일을 했고 지금은 경주마 휴양 목장을 운영하고 있기에 경주마를 어떻게 관리하는지 잘 알고 있다. 승마 사업도 하고 있는 그는 성격이 예민하고 질주 본능으로 가득 찬 경주마를 어떻게 사람의 말을 잘 듣는 승용마로 길들이는지에 대한 노하우가 있다.

변영남 마주는 그런 류태정 대표를 믿고 차밍걸을 보내기로 결심했다. 은퇴한 경주마를 승용마로 목장에 팔 때 최소 500만 원 정도는 받을 수 있지만, 변영남 마주는 아무 대가도 받지 않고 차밍걸을 보내기로 마음먹었다. 대신 그는 단 한 가지 조건을 걸었다. 차밍걸이 18세가 될 때까지는 다른 곳에 보낼 때 반드시 상의해줄 것을 부탁했다. 비록 이제 품에서 떠나보내지만 차밍걸의 앞날을 계속 지켜보면서 돌봐주고 싶은 그의 마음이었다.

궁평목장으로 온 뒤 차밍걸의 일상은 크게 바뀌었다.
경주마 시절 차밍걸의 하루는 새벽 네시 반부터 시작됐다. 1주는 쉬었지만, 경주를 앞둔 1주 동안은 고된 새벽 조교를 받아야 했다. 그리고 2~3주에 한 번은 전쟁이나 다름없는 경주에 출전했다. 휴식-훈련-경주로 숨 막힐 듯 이어지는 삶이었다. 주변에는 다리가 부러져나가는 동료 경주마들이 허다했다. 경주에 나가면 도핑 테스트를 위해 최소한 두 번 주사를 맞아야 했다. 훈련을 할 때나 경주를 뛸 때는 채찍도 맞아야 했다. 빠르게 돌아가는 컨베이어 벨트 위에 올라탄 삶이었다.

하지만 경마장에서 한 시간 거리에 있는 궁평에서의 삶은 완전히 다르다. 궁평의 아침은 언제나 느긋하다. 오후에 몸을 푼 뒤 한 시간 정도 훈련을 받는다. 관절이 부서질 정도로 폭풍 같은 질주를 하는 일은 더 이상 없다. 균형을 맞춰 달리다가 장애물을 훌쩍 뛰어넘으면 된다. 물론 장애물 비월마도 다치기는 하지만, 경주마처럼 위험 요인이 크지는 않다. 채찍을 맞는 일은 거의 없고, 칭찬과 격려를 받으며 기량을 끌어올릴 때가 더 많다.

류태정 대표는 차밍걸의 새 도전을 큰아들 은식 군에게 맡겼다. 열여덟 살인 은식 군은 2013년 대한승마협회 올해의 신인상을 받은 승마 선수다. 은식 군은 하루 한 시간씩 차밍걸을 조련하고 있다. 은식 군은 직접 차밍걸에게 솔질을 해주고 목욕을 시키고, 발굽에 낀 오물도 파낸다. 훈련 전에는 입술이 틀까 봐 로션도 발라준다. 경주마 시절에 비해 차밍걸은 체중이 40킬로그램 정도 늘었고, 몸에 윤기도 더 흐른다. 목장주의 아들이 성심껏 길들이는 말에 걸맞게 특별한 대우를 받고 있다.

얼마 전에는 차밍걸의 팬이 궁평목장까지 찾아와 마의를 선물해주었다. 마의는 추운 겨울에 말의 등에 덮는 담요처럼 생긴 옷이다. 사람과의 교감이 늘어나고, 경주마 시절과 달리 스트레스도 적게 받아 차밍걸의 성격도 예전에 비해 부드러워졌다.

경주마에서 장애물 비월마로 변신하는 건 사실 쉬운 일이 아니다. 장애물 비월마로서 차밍걸은 아직 걸음마 단계다. 처음에는 막대 한 개를 바닥에 깔아놓고 건너가는 훈련을 한다. 여기에 익숙해지면 막대 여섯 개를 1.5~2미터 간격으로 깔아놓고 피해 가는 훈련을 한다. 다리가 네 개나 되는 말이 사뿐사뿐 막대를 피해 가며 경쾌하게 발놀림을 하는 모습은 꼭 춤을 추는 것 같다. 막대 장애물과 친숙해지는 과정이다.

조금씩 난이도를 높여가면서 차밍걸은 하루하루 새로

운 도전을 할 것이다. 30센티미터를 넘고, 60센티미터를 넘고, 90센티미터에 이어 1미터를 넘는 장애물을 향해 달려갈 것이다.

이제 아홉 살이 된 차밍걸은 경주마로는 환갑이 지난 나이지만, 장애물 비월마로는 충분히 뛸 수 있는 나이다. 12~15세 된 말도 국제 대회에서 좋은 성적을 거두고 있다.

차밍걸은 빠르면 2014년 봄부터 초급 장애물 비월 대회에 출전하게 된다. 앞으로 1년 정도 더 훈련을 받으면 조금 더 수준 높은 대회에도 나갈 수 있다.

과연 차밍걸은 어느 정도까지 성공할 수 있을까.

"아직까지는 차밍걸의 실력을 가늠하기 어렵지만, 만일 전국체전에서 우승하고 5년 뒤에 열리는 아시안게임에라도 출전한다면 정말 드라마 같은 일이 아닐까요?"

류태정 대표는 차밍걸이 계속 도전하기를 기대하고 있다. 그렇게 된다면 정말 기적 같은 일일 것이다. 차밍걸 같은 서러브레드종이 경마에 특화된 것처럼, 장애물 비월에 걸맞은 품종이 따로 있다. 좋은 혈통을 지닌 말이 좋은 성적을 내는 건 승마에서나 장애물 비월에서나 마찬가지다. 올림픽에서 우승 후보로 거론되는 장애물 비월마의 가격은 100억 원을 넘는 경우도 있다.

장애물 비월마로서도 차밍걸은 경마장에서처럼 들러리가 될 수도 있다. 어쩌면 경주마 시절에 이어 장애물 비월 대회에서도 차곡차곡 패수를 늘려갈 수도 있다.

그럼에도 불구하고 차밍걸은 계속 달릴 것이다. 차밍걸은 지금까지 한 번도 포기하지 않았으니까.

"차밍걸이 장애물을 잘 넘을지, 넘지 못할지는 아직 모르죠. 하지만 한 가지는 분명해요. 이 녀석은 꽤 용기가 있습니다. 장애물을 넘을 때 속도를 줄이지 않아요."

차밍걸의 이야기를 처음 쓰기 시작할 때만 해도 나는 녀석이 보란 듯이 우승해서 전국체전에도 출전하고, 아시안게임과 올림픽까지 나간다면 정말 멋진 결말일 것이라고 생각했다. 그런데 지금은 좀 다르다. 다시 패배하더라도 포기하지 않고 그저 묵묵히 차밍걸답게 도전을 이어간다면, 그것으로 충분하다.

차밍걸이 다시 달린다.

경쾌하게 스텝을 밟으며.

자신의 앞에 가로놓인 장애물을 향해서.

"차밍걸이 장애물을 잘 넘을지, 넘지 못할지는 아직 모르죠.
하지만 한 가지는 분명해요.
이 녀석은 꽤 용기가 있습니다.
장애물을 넘을 때 속도를 줄이지 않아요."

101번의
아름다운
도전

이 세상의
모든 차밍걸을 위해

차밍걸의 이야기를 책으로 써야겠다고 결심했을 때 기획 의도는 단순하고 명료했다.

'혈통은 보잘것없고 체격도 작지만 열심히 달리는 말 차밍걸, 평범한 이들에게 희망을 주는 말 차밍걸의 이야기를 전하자.'

그러나 나는 취재를 하면서 딜레마에 빠졌다. 차밍걸은 희망을 주는 말이 아니라 그냥 운 좋게 유명해진 똥말에 불과한 것이 아닐까. 이 모든 게 그저 한 번도 우승 못한 말을 두고 벌이는 우스꽝스러운 소동에 불과한 것이 아닐까. 차밍걸은 희망의 상징이 아니라 패배의 상징이 아닐까. 그런 의심이 들었던 순간이 있다.

차밍걸. 매력적인 소녀. 이름부터 경마와는 어울리지 않는 경주마. 한 번도 우승하지 못한 전패의 경주마. 그러나 잘 뛰어준 말. 지고 또 져도 포기하지 않은 말. 이 말은 똥말인가, 희망의 아이콘인가.

책을 쓰면서 한국마사회 홈페이지에서 제공하는 차밍걸의 경주를 수없이 돌려보고 또 돌려봤다. 그 어떤 경주에서도, 단 한 순간도 차밍걸은 주인공이 아니다. 차밍걸이 달리고, 또 달리고, 또 달리면서, 계속 지는 모습을 보면서, 내 마음속에서는 의심이 사라졌고 차밍걸이 가슴속으로 뛰어 들어왔다.

계속 지는 모습을 보면 한심하기도 하고 우스워 보이기도 한다. 그럼에도 불구하고, 지고 또 지면서도 끙끙대며 달리는 모습을 보면, 어느새 엄숙해 보이기도 한다. 우승은 이미 물 건너갔다는 것을 잘 알면서도, 마지막 직선주로에서 끝까지 사력을 다해 달리는 차밍걸을 보면 가슴이 먹먹해진다. 그리고 차밍걸이 고맙게 느껴진다.

내가 차밍걸의 도전을 가슴 깊이 수긍한 건, 그의 역주를 보면서 몇 년 전 돌아가신 아버지가 생각난 순간부터였다.

우리 아버지 역시 미스터파크보다는 차밍걸에 가까운 삶을 사셨다. 늘 세상의 치열한 경쟁을 힘겨워하면서도 경주를 멈추지 않았던 분. 그렇게 달리고 달려도 좀처럼 1승을 거머쥐기는 쉽지 않으셨을 것이다. 하지만 나는 안다. 아버지가 얼마나 열심히, 죽을힘을 다해 달리셨는지.

우리는 누구나 실패한다. 그리고 그 실패를 딛고 일어선다. 매일같이 넘어지고도, 또다시 일어선다. 다시 넘어질 것을 알면서도 일어선다. 차밍걸이 1등을 하지 못하면서도 끝끝내 달리는 것과 마찬가지다. 우리 아버지도 마찬가지였다. 그리고 나도 예외가 아니다.

나는 기자다. 그런데 서툴러빠진 기자다. 벌써 기자로

일한 지 18년이 넘었지만 아직도 기사를 쓰면 오탈자가 나오고, 특종을 할 때보다는 낙종을 할 때가 더 많다. 좋은 기획을 할 때보다 다른 기자의 좋은 기획을 보고 입술을 지그시 깨물 때가 더 많다. 누가 나를 두고 기자계의 차밍걸이라고 해도 할 말이 없다. 그러면서도 오늘도 다시 취재를 하고 기사를 쓴다.

차밍걸이 변영남 마주, 유미라 기수, 최영주 조교사 같은 사람들 덕분에 뛸 수 있었던 것처럼, 나 역시 가족과 동료, 나를 도와주는 많은 사람 덕분에 계속 일할 수 있다. 좌절하고 절망하면서도 툭툭 털고 다시 일어날 수 있다.

세상에는 얼마나 차밍걸이 많은가.

과연 차밍걸 아닌 사람이 있을까. 99퍼센트는 차밍걸과 같은 처지가 아닐까.

한 번도 우승을 하지 못했고, 앞으로도 우승할 가능성은 크지 않지만, 우리는 출발 게이트에 다시 들어선다.

탕!

총소리와 함께 게이트가 열리면 다시 활짝 열린 새로운 가능성을 향해 경주를 시작한다.

101번의 패배에도 굴하지 않고—

"우리가 도무지 할 수 없다고 생각하는 모든 것들을, 우리는 할 수 있다."
-오프라 윈프리

photo
credit

15쪽
차밍걸.
ⓒ 한국마사회·서울마주협회

25쪽
경주를 마친 차밍걸.
ⓒ 한국마사회

31쪽
경주 출주 전 조금 긴장한 차밍걸.
ⓒ 한국마사회

38~39쪽
꼴찌로 달리고 있는 차밍걸.
ⓒ 한국마사회

48쪽
차밍걸과 최영주 조교사.
ⓒ 한국마사회

59쪽
차밍걸과 최영주 조교사.
ⓒ 한국마사회

66쪽
마사의 차밍걸.
ⓒ 서울마주협회(사진 민동근)

74쪽
경주를 준비하고 있는 유미라 기수.
ⓒ 최영일

80~81쪽
경주마 목장의 풍경.
ⓒ 민동근

88쪽
유미라 기수와 차밍걸.
ⓒ 서울마주협회(사진 민동근)

96~97쪽
유미라 기수.
ⓒ 최영일

104~105쪽
한 몸이 되어 질주하고 있는
차밍걸(6번)과 유미라 기수.
ⓒ 한국마사회

111쪽
팬들이 행운 부적으로
여기는 차밍걸 마권.
ⓒ 최영일

119쪽
마사의 차밍걸.
ⓒ 한국마사회 · 서울마주협회

130~131쪽
경주가 시작되자
힘차게 출발하는 말들.
ⓒ 서울마주협회(사진 민동근)

136~137쪽
6번을 단 유미라 기수와 차밍걸.
ⓒ 서울마주협회(사진 민동근)

143쪽
차밍걸이 맨 뒤에서 치고
나오려 하고 있다.
ⓒ 한국마사회

154쪽
차밍걸과 변영남 마주.
ⓒ 한국마사회·서울마주협회

160~161쪽
결승점 50미터 전에서 전력질주하
는 차밍걸(6번).
ⓒ 최영일

168~169쪽
차밍걸의 마지막 경주(14번).
ⓒ 한국마사회

177쪽
많은 팬들이 함께한 차밍걸의 은퇴식.
ⓒ 한국마사회

183쪽
변영남 마주와 차밍걸.
ⓒ 한국마사회·서울마주협회

193쪽
궁평목장에서 훈련하고 있는
차밍걸과 류은식 군.
ⓒ 중앙포토

199쪽
달리는 차밍걸.
ⓒ 최영일

200~201쪽
경주를 마치고 마사로 돌아가는
차밍걸의 뒷모습.
ⓒ 최영일

202~203쪽
경주마 목장의 풍경.
ⓒ 민동근

101번의 아름다운 도전

초판 1쇄 2014년 3월 20일

지은이 | 이해준

발행인 | 노재현
제작총괄 | 손장환
편집장 | 박민주
디자인 | 권오경 김덕오
조판 | 김미연
마케팅 | 김동현 신영병 김용호 임정호 이진규
제작 | 김훈일 박자윤
저작권 | 안수진
홍보 | 이효정

발행처 | 중앙북스㈜
등록 | 2007년 2월 13일 제2-4561호
주소 | (121-904)서울시 마포구 상암산로 48-6번지 DMCC빌딩 20층
대표전화 | (02)1588-0950
내용 문의 | (02)2031-1381
팩스 | (02)2031-1399
홈페이지 | www.joongangbooks.co.kr

ISBN 978-89-278-0536-6 03810